国际大奖小说

纽伯瑞儿童文学奖银奖

海蒂的天空

Hattie Big Sky

[美] 克比·莱森 / 著

丁 凡 / 译

天津出版传媒集团

新蕾出版社

图书在版编目（CIP）数据

海蒂的天空／（美）莱森著；丁凡译.
—天津：新蕾出版社，2011.1（2023.10 重印）
（国际大奖小说）
书名原文：Hattie Big Sky
ISBN 978-7-5307-4993-7

Ⅰ.①海…
Ⅱ.①莱…②丁…
Ⅲ.①儿童文学–长篇小说–美国–现代
Ⅳ.①I712.84

中国版本图书馆 CIP 数据核字(2010)第 226746 号
Copyright ⓒ 2006 by Kirby Larson
This translation published by arrangement with Random House
Children's Books, a division of Random House, Inc.
ALL RIGHTS RESERVED
津图登字：02–2007–117

出版发行	新蕾出版社
	http://www.newbuds.com.cn
地　　址	天津市和平区西康路 35 号(300051)
出 版 人	马玉秀
电　　话	总编办(022)23332422
	发行部(022)23332351　23332679
传　　真	(022)23332422
经　　销	全国新华书店
印　　刷	天津新华印务有限公司
开　　本	880mm×1230mm　1/32
字　　数	163 千字
印　　张	10
版　　次	2011 年 1 月第 1 版　2023 年 10 月第 25 次印刷
定　　价	32.00 元

著作权所有，请勿擅用本书制作各类出版物，违者必究。
如发现印、装质量问题，影响阅读，请与本社发行部联系调换。
地址：天津市和平区西康路 35 号
电话：(022)23332677　邮编：300051

前言

一辈子的书

梅子涵

亲近文学

一个希望优秀的人，是应该亲近文学的。亲近文学的方式当然就是阅读。阅读那些经典和杰作，在故事和语言间得到和世俗不一样的气息，优雅的心情和感觉在这同时也就滋生出来；还有很多的智慧和见解，是你在受教育的课堂上和别的书里难以如此生动和有趣地看见的。慢慢地，慢慢地，这阅读就使你有了格调，有了不平庸的眼睛。其实谁不知道，十有八九你是不可能成为一个文学家的，而是当了电脑工程师、建筑设计师……可是亲近文学怎么就是为了要成为文学家，成为一个写小说的人呢？文学是抚摸所有人的灵魂的，如果真有一种叫作"灵魂"的东西的话。文学是这样的一盏灯，只要你亲近过它，那么不管你是在怎样的境遇里，每天从事

国际大奖小说

怎样的职业和怎样地操持,是设计房子还是打制家具,它都会无声无息地照亮你,使你可能为一个城市、一个家庭的房间又添置了经典,添置了可以供世代的人去欣赏和享受的美,而不是才过了几年,人们已经在说,哎哟,好难看哟!

谁会不想要这样的一盏灯呢?

阅读优秀

文学是很丰富的,各种各样。但是它又的确分成优秀和平庸。我们哪怕可以活上三百岁,有很充裕的时间,还是有理由只阅读优秀的,而拒绝平庸的。所以一代一代年长的人总是劝说年轻的人:"阅读经典!"这是他们的前人告诉他们的,他们也有了深切的体会,所以再来告诉他们的后代。

这是人类的生命关怀。

美国诗人惠特曼有一首诗:《有一个孩子向前走去》。诗里说:

> 有一个孩子每天向前走去,
> 他看见最初的东西,他就变成那东西,
> 那东西就变成了他的一部分……

如果是早开的紫丁香,那么它会变成这个孩子的一部分;如果是杂乱的野草,那么它也会变成这个孩子的一部分。

我们都想看见一个孩子一步步地走进经典里去,走进优秀。

优秀和经典的书,不是只有那些很久年代以前的才是,只是安徒生,只是托尔斯泰,只是鲁迅;当代也有不少。只不过是我们不知道,所以没有告诉你;你的父母不知道,所以没有告诉你;你的老师可能也不知道,所以也没有告诉你。我们都已经看见了这种"不知道"所造成的阅读的稀少了。我们很焦急,所以我们总是非常热心地对你们说,它们在哪里,是什么书名,在哪儿可以买到。我就好想为你们开一张大书单,可以供你们去寻找、得到。像英国作家斯蒂文生写的那个李利一样,每天快要天黑的时候,他就拿着提灯和梯子走过来,在每一家的门口,把街灯点亮。我们也想当一个点灯的人,让你们在光亮中可以看见,看见那一本本被奇特地写出来的书,夜晚梦见里面的故事,白天的时候也必然想起和流连。一个孩子一天天地向前走去,长大了,很有知识,很有技能,还善良和有诗意,语言斯文……

同样是长大,那会多么不一样!

自己的书

优秀的文学书,也有不同。有很多是写给成年人的,也有专门写给孩子和青少年的。专门为孩子和青少年写文学书,不是从古就有的,而是历史不长。可是已经写出来的足以称得上琳琅和灿烂了。它可以算作是这二三百年来我们的文学里最值得炫耀的事情之一,几乎任何一本统计世纪文学成就的大书里都不会忘记写上这一笔,而且写上一个个具体的灿烂书名。

它们是我们自己的书。合乎年纪,合乎趣味,快活地笑或是严肃地思考,都是立在敬重我们生命的角度,不假冒天真,也不故意深刻。

它们是长大的人一生忘记不了的书,长大以后,他们才知道,原来这样的书,这些书里的故事和美妙,在长大之后读的文学书里再难遇见,可是因为他们读过了,所以没有遗憾。他们会这样劝说:"读一读吧,要不会遗憾的。"

我们不要像安徒生写的那棵小枞树,老急着长大,老以为自己已经长大,不理睬照射它的那么温暖的太阳光和充分的新鲜空气,连飞翔过去的小鸟,和早晨与晚间飘过去的红云也一点儿都不感兴趣,老想着我长大

了，我长大了。

"请你跟我们一道享受你的生活吧！"太阳光说。

"请你在自由中享受你新鲜的青春吧！"空气说。

"请你尽情地阅读属于你的年龄的文学书吧！"梅子涵说。

现在的这些"国际大奖小说"就是这样的书。

它们真是非常好，读完了，放进你自己的书架，你永远也不会抽离的。

很多年后，你当父亲、母亲了，你会对儿子、女儿说："读一读它们，我的孩子！"

你还会当爷爷、奶奶、外公和外婆，你会对孙辈们说："读一读它们吧，我都珍藏了一辈子了！"

一辈子的书。

目录

Hattie Big Sky
海蒂的天空

第 一 章　记得带你的冬衣和一只猫咪 …… 1
第 二 章　小心西部的疯子 ………………… 14
第 三 章　自由甘蓝菜 ……………………… 21
第 四 章　我的八岁小骑士 ………………… 36
第 五 章　紫罗兰，快跑！ ………………… 53
第 六 章　你真正的愿望是什么？ ………… 67
第 七 章　蛇球天 …………………………… 83
第 八 章　爱德国佬的家伙 ………………… 99
第 九 章　战壕创伤综合征 ………………… 113
第 十 章　舞会见了，海蒂 ………………… 121
第十一章　每一块钱加起来就是胜利 …… 132
第十二章　一闪一闪亮晶晶 ……………… 147
第十三章　友谊的种子 …………………… 157
第十四章　人生就像咖啡一样混浊 ……… 171
第十五章　明年之地 ……………………… 190

目录
海蒂的天空
Hattie Big Sky

第十六章　我的心早已属于这里 ············ 206

第十七章　你爱这个国家吗？ ················ 218

第十八章　原谅敌人，也原谅我们自己 ··· 234

第十九章　白色抢匪 ···························· 248

第 二 十 章　她还不满二十一岁 ············· 259

第二十一章　我们的小喜鹊 ···················· 270

第二十二章　梦想宛如蒲公英绽放 ········· 281

第二十三章　明年会更好 ······················· 297

第一章

记得带你的冬衣和一只猫咪

1917年12月19日
爱荷华州阿灵顿

亲爱的查理：

辛普森老师每天都提醒我们要为你祷告——也为其他从军的男孩祷告。我倒是觉得我们需要为德国皇帝祷告——他一旦遇上你，可要倒大霉啦！

我今天在郝特叔叔的店里遇到你妈妈。她说你就快到达英国，接着会去法国。我几乎无法正视辛普森老师书桌后方的那张世界地图，一看到它，我就想到你离阿灵顿真的好远。

胡须先生说它过得很好。最近好冷呀，我让它睡在我的房间里。要是艾薇阿姨知道了，一定会大发脾气。还好，她终于明白——我够大了，不能再用藤条抽我了。不然，我的腿上一定是青一道、紫一道的。

国际大奖小说

你该看看艾薇阿姨的样子：她做了一顶薄得像信封一样的帽子，帽檐儿绣上了红十字。红十字会开会的时候，她一定会戴着它出席。我猜，她是希望大家知道她是付了钱的会员。她最近变得好奇怪，今天早上还问我身体舒不舒服。艾薇阿姨头一次这么关心我的健康，真是奇怪。说不定，红十字会让她的心变得温柔了。

蜜尔已经在织第五双袜子了。不过并不是全都织给你，可别太抬举自己。她是帮红十字会织的。学校里的每个女生都在织袜子。我猜，她织得最好的那双一定是给你的。

你穿上制服后，看起来一定有模有样。我是说胖得有模有样（哈哈）！说真的，我相信你一定会让大家都以你为傲。

艾薇阿姨已经开完会回来，在叫我了。先写到这里，我会再写信给你。

你在学校里的朋友

海蒂·伊尼斯·布鲁克斯

我把墨迹吸干，将信纸放进信封里。不管艾薇阿姨看到什么，总是毫不犹豫拿起来就看，即使那东西摆在我的房间里、摆在我桌上。

"海蒂，"艾薇阿姨又在叫我了，"到楼下来！"

为了安全起见,我把信封藏到枕头底下。昨晚我哭过,枕头还湿湿的。我才不像蜜尔·包威呢!自从查理从军之后,她就整天哭个不停。只有胡须先生和我的枕头知道,我躲在黑暗中为查理掉眼泪。我确实很担心他的安危;不过,我之所以会在晚上掉眼泪,纯粹是因为个人的自私行为。

这十六年来,查理·豪利是我身边最值得回忆的少数几个人之一。我刚搬来跟艾薇阿姨和郝特叔叔住在一起时,非常害羞,连自己的名字都说不出口,查理却始终护着我。从第一天开始,他就每天陪我走路上学。看起来可怜兮兮的胡须先生是查理送我的,这只猫一打呼噜就赢得了我的心。查理还教我玩棒球,没想到我却笨手笨脚。所以,偶尔在夜深人静的时候,我难免会做做关于查理的少女梦想,虽然大家都知道他喜欢蜜尔。四处为家的生活让我懂得了梦想是件危险的事——凡事只靠想,似乎都很有希望,但你如果试试看,就会发现那简直就像井中捞月一样。

当时,全班决定到火车站为查理送行。蜜尔抓着他的手臂不放。查理的父亲猛拍他的背,我看铁定会拍出淤青。辛普森老师代表学校说了一些无聊话,然后把礼物送给查理——一顶羊毛帽和信纸。

"年轻人,该上车了。"列车长高声喊着。

国际大奖小说

　　查理一踏上火车的阶梯，我的心就不禁抽了一下。我告诉自己别冲动——我可不想让别人以为我跟蜜尔一样——但我还是跑上前，把东西塞到他手里，说："它会为你带来好运！"他看看手里的东西，笑了；接着又挥挥手，登上火车。

　　蜜尔倚在豪利太太身上哭了起来。"噢，查理！""好了，好了。"查理的妈妈拍着蜜尔的背。

　　豪利先生从口袋里掏出一条手帕，假装要擦拭额头上的汗。他还擦了擦眼角，我赶紧装作没看到。

　　其他人慢慢离开月台，各自开车离去。我留在月台上望着火车远去，想象着查理正拍着他的口袋。他把我送他的许愿石放在口袋里了。是他教我认识什么是许愿石的。他跟我说："找一颗周围有一圈白色的黑石头，从左肩往后丢，许个愿望，愿望就会成真。"他随便丢了一颗许愿石，还取笑我一颗也不肯丢。虽然，我的愿望不是丢丢许愿石就能实现的。

　　自从查理登上火车后，已经两个月了。没有他，生活就像没加盐的面包：平淡无趣，平淡无趣……

　　"海蒂！"艾薇阿姨的声音充满了警告意味。

　　"来了，来了！"我匆匆下楼。

　　艾薇阿姨像个女王似的端坐在她的褐色皮椅上。郝特叔叔则安适地窝在胡桃木摇椅里，膝上摆着一沓报

海蒂的天空

纸。

我赶紧溜进去,捡起我的手工活儿——一双看起来可怜兮兮的袜子。十月,查理报名从军的时候,我就开始织了。如果这场仗继续打上五年,我或许可以织完。我把袜子拎得高高的,盯着漏织了几针的花边。即使像查理这样的好人,也不会想穿这双袜子。

"我今天去拜访伊安娜·威尔斯,聊得很开心。"艾薇阿姨摘下头上的红十字帽子,"郝特,你记得伊安娜,对吧?"

"嗯。"郝特叔叔把报纸铺平、整理好。

"海蒂,我跟她说,你真是个好帮手。"

我又漏织了一针。大部分的时候,艾薇阿姨总是抱怨我的家务技巧有多糟。

"我自己就没念完高中。对某些女孩子来说,读书没有任何意义。"

郝特叔叔压低报纸的一角。我又漏了一针。大事不妙了。

"完全没有意义,尤其是当伊安娜·威尔斯所经营的出租宿舍需要帮手的时候。"

原来如此,谜底揭晓!我终于知道她最近为什么对我那么好。她找到赶走我的方法了。

她再度用手把裙子抹平。"上帝的安排总是神秘难料。我们不该质疑伊安娜的苦心。"虽然她此刻所说的跟我有关,但我却知道最好不要搭腔。毕竟,时候未到。

郝特叔叔将烟草塞进烟斗里。"这学期只剩几个月了。"他点燃烟斗,深深吸了一口,接着说,"我认为海蒂应该把这学期念完。"这不是郝特叔叔第一次帮我说话了,我决定今晚要把他的皮鞋擦得亮亮的,以示谢意。

艾薇阿姨自顾自地继续往下说,仿佛郝特叔叔根本没开口似的。"我们已经商量好了,海蒂应该去需要她的地方。伊安娜需要她。"

而且她在这里是多余的。我又加了这句,不过当然没有说出口。

郝特叔叔眯着眼,透过散发苦樱桃香味的烟雾看我:"你想念完吗?"

我把手中的毛线活儿搁在膝上,考虑着该如何回答。我热爱读书,可是上学很无聊,尤其查理又不在了,没什么事情可以让我分心。但是比起替伊安娜·威尔斯工作……

艾薇阿姨不禁反驳:"她已经知道太多事了。或者说,她以为自己知道很多事情。"她往我这边瞪了一眼,"我们必须考虑到海蒂的心灵。帮助伊安娜会让这孩子学会慈悲,慈悲和……"艾薇阿姨说得结结巴巴的,仿佛再也掰不出在出租宿舍工作对我有什么好处,"……和女人家需要学会的其他本事。对一个认真工作的女孩子来说,这是个好机会。"

艾薇阿姨的脸上泛起了两朵红晕。她显然生气了,生气的理由也很明显。郝特叔叔询问我的意愿,这举动把她惹火了,更何况这件事还关乎我的未来。在她眼中,我只是四处为家的海蒂,没有发表意见的权利。

我掉乳牙以前就是个孤儿了。发生在我爸爸身上的故事,是矿工家庭常见的命运:煤灰吃光了他的肺。他过世的时候,我只有两三岁。我五岁时,妈妈也过世了,西阿姨收养了我。医生说妈妈死于肺炎,西阿姨说妈妈死于心碎。在收留我的一长串亲戚中,西阿姨待我最和善,她让我相信爸妈始终深爱着彼此。西阿姨老得再也无法照顾我之后,我就从一个亲戚家换到另一个亲戚家——有些亲戚的关系还真远呢。我得帮这个人、那个人照顾病人,一家换过一家,直到再也找不到需要帮忙、不在乎多一口人吃饭的亲戚。

被艾薇阿姨收留时,我十三岁。她其实不是我的阿姨,郝特叔叔才是我的远亲。她忍不住要在我身上发扬博爱精神,也忍不住要每天提醒我:我没有任何人可以依靠,没有任何东西属于我。她总是说,我必须感恩。我的确很感恩。我每天都很感激她和我并没有真正的亲戚关系。

国际大奖小说

房间变得非常安静,我可以听到郝特叔叔的烟斗敲在牙齿上的声音。他吐出一口甜甜的烟,开口说:"我建议大家先睡一觉再说。"

艾薇阿姨不敢惹郝特叔叔生气,至少不会当着我的面。她坐在椅子上,越来越不耐烦。"你说了算,郝特。"

郝特叔叔弄弄烟斗,翻翻椅子旁边烟斗架上的纸张。"那东西被我放在哪儿啦?"

"亲爱的郝特,什么东西呀?"艾薇阿姨的声音简直可以震碎玻璃。

"信。今天送来给海蒂的信。"一堆报纸滑到地上。就一家小店的老板而言,郝特叔叔比我认识的任何人都喜欢阅读。我自己也非常喜爱阅读,但比较喜欢读小说。郝特叔叔则喜欢读报纸。他是第一个警告大家欧洲会开战的人。他说,任何笨蛋只要留心,就会知道要开战了。我完全没有留心,直到查理从军去了,才知道这回事。这么一来,我大概知道自己算不算笨蛋喽。

"有信!"我很惊讶。或许是查理写来的!

"给海蒂的?"艾薇阿姨相当好奇。

郝特叔叔不理会她伸出来的手,直接把信交给我。

"是谁写来的?"艾薇阿姨急着追问。

"一个住在蒙大拿的人。"郝特叔叔躲到《阿灵顿新闻》后头,这表示他今天晚上不打算再说话了。

我打开信封，里头有两封信。第一封的日期是1917年11月11日。

你舅舅过世的时候，要我把这封信寄给你。他常常帮助我，这是我能够帮他做的一点儿小事。如果你决定接受，我和我的丈夫卡尔会尽量帮你。

派瑞丽·强森·慕勒

决定接受什么？我打开第二封信。

我亲爱的海蒂：

你一定忘记我了。我是你妈妈唯一的弟弟。如果我结了婚、过着正常的生活早就把你接来了。我不想美化任何事情，一直以来我就是个混蛋；可是我却在蒙大拿展开了新生活。你绝对想象不到，我一得到耕地、盖了小木屋之后，医生就说我患的咳嗽是会咳死人的。除了血缘，你跟我还有一点很像——从小到大，我们都没有一个完整的家。你是孤儿，我则是小学一念完就离家出走了。你大概会认为，我从来不曾想到住在爱荷华的外甥女。但是这封信足以证明我确实想到你。如果你来维达镇，就会看到我的耕地。我相信你遗传了你妈妈的骨气，足以承担剩下来的开垦工作。如果你做得到——你还有

国际大奖小说

一年的时间——三百二十亩的蒙大拿土地就是你的了。

"噢!"我抓住靠椅的把手。

"怎么?坏消息吗?"艾薇阿姨跑到我身边,试着从我肩后偷看信的内容。我轻轻打了个冷战,念出最后一段:

本人神志清楚,谨以此封信将我的土地、屋子、屋子里的东西、一匹叫作塞子且可靠的马、一头叫作紫罗兰但没有用的母牛,都留给海蒂·伊尼斯·布鲁克斯。

查斯特·修伯特·莱特
海蒂·伊尼斯·布鲁克斯的舅舅

附加一句:海蒂,记得带你的冬衣和一只猫咪。

艾薇阿姨从我手里把信抢过去。我太震惊了,一时反应不过来。三百二十亩地!我自己的家!蒙大拿!

"真是荒谬!"她相当着急,"而且,你得去伊安娜那里帮忙,我已经答应她了。"

"对一个认真工作的女孩子来说,这是个好机会。"郝特叔叔故意这么说。

"疯狂!"艾薇阿姨脱口而出,"郝特,不要再说了。海蒂——"

"就像您说的,艾薇阿姨,上帝的安排总是神秘难

海蒂的天空

料。"我把信从她手上拿回来、叠好，放进裙子口袋里。"如果您不介意，我得去写回信了。"

我回给派瑞丽的信只有一行：我会来。接着，我花了更多时间写信给查理。我不想他人在法国，还要替我担心。重写了十几次之后，最后一行应该会让他安心：想想看，以后我写给你的信会多么有趣！

两封信我都寄出去了，一封给查理，一封给派瑞丽·慕勒。派瑞丽的回信很快就到了，她答应到狼点火车站接我，再载我去查斯特舅舅的农场。她仿佛会读心术似的，还呼应查斯特舅舅在信末的简短指示，给了我以下建议：

至于要带些什么呢？过日子要用的东西，你舅舅几乎都有了。你还需要一顶结实的、可遮阳挡雨的帽子，或许再带些床单，查斯特的床单不太好。

你的新邻居

派瑞丽·慕勒

比我聪明的女孩子一想到西部拓荒，可能会有些犹豫。我曾经跟一些远亲在农场上住了半年，也帮郝特叔叔种过菜；但是我的农业知识仅限于此。只要一开始想东怕西的，我就逼自己不要多想。我只知道，我有个机会

国际大奖小说

离开艾薇阿姨,再也不用觉得自己像只落单的、没人要的旧袜子。

下定决心后,我就像其他垦荒者一样,拿出银行里爸妈留给我的四百块钱,买了一些冬衣,还花十二块钱买了张北方铁路局的火车票。打包花不了多少时间。郝特叔叔把他的旧靴子送给我,辛普森老师送我一本《康宝1907年土壤农业手册》,她的哥哥到蒙大拿垦荒,跟她说每个在草原区垦荒的人都应该读这本书。查理的妈妈给了我一个温暖的拥抱,还送我一副相当耐用的帆布工作手套。最后,我买了一个藤篮送给胡须先生。

艾薇阿姨对这件事余怒未消,因此拒绝到车站送行。郝特叔叔开着他的新福特汽车送我到车站。

"我知道你做得到,海蒂。"郝特叔叔卸下行李,把装了胡须先生的篮子交给我,"但是你得学习新东西。不要太骄傲,不愿开口找人帮你。"他从口袋里掏出烟斗,"你知道艾薇总是说,骄傲会……"

"让人跌倒。"我接着说。我的骄傲总是惹艾薇阿姨生气。为了治疗我的骄傲,她打断了好多根藤条。

郝特叔叔忙着填烟斗,把烟草压紧。他点燃烟斗的时候,我看到他的眼角湿了。

"谢谢您,郝特叔叔。"这三年来,他对我的好一幕幕如在眼前,"我……我……"我们看着彼此,我感觉到他

了解我的心情,即使我并未说出口,"我答应您,一定会写信回来。"

"自己做不到的事情,不要随便答应别人。"他尴尬地拍拍我的肩膀,"不过,如果能收到你的信,我会很开心。偶尔写写就好啦。"

"上车喽!"列车长说。

胡须先生和我登上了火车。郝特叔叔站在月台上挥手,我也朝他挥手。接着,我在位子上坐得稳稳的,面向着西部。

国际大奖小说

第二章

小心西部的疯子

1918年1月
在北方铁路的火车上
北达科达州某处

亲爱的查理：

在火车上的第一个晚上，我兴奋得睡不着。第三个晚上，火车上又臭又吵，我还是睡不着。我几乎可以听到你说，跟你的海外服役相比，我这趟火车之旅根本算不得什么。这倒是真的。可是我确实变得脾气恶劣、又饿又脏，所以不得不抱怨一下。辛普森老师送我的书真无聊，书上说的都是工作、工作、工作，我宁可读火车上的宣传单。按照书上的说法，垦荒简直跟擦擦神灯一样容易。

根本不会有什么精灵跑出来帮我做事，因此我脑子里有上百个疑问。到了那里之后，我首先要做什么才好？到底该怎么做，耕地才会真正属于我呢？如果做不到，该

海蒂的天空

怎么办?一想到自己必须做的事,我就头晕。艾薇阿姨若是知道我惹了这么大的麻烦,一定会像吃了小鸟、满嘴都是羽毛的胡须先生一样高兴。我想,我必须依赖最让人痛苦的老师——经验先生——来教我垦荒了。

我从写给查理的信上抬起头来,将注意力转向车外。透过肮脏的火车车窗往外看,景色令人沮丧。"宣传单上说,蒙大拿是牛奶和蜂蜜之乡。"我继续写道,"可是你绝对看不出来,因为到处都是雪。不过我敢打赌,查斯特舅舅那边肯定不一样。"

我又想到舅舅了。我当然听说过他,可是知道得并不多,而且从来没见过。他说自己是个混蛋——这到底是什么意思?他为什么去了蒙大拿?如果查斯特舅舅写遗嘱时,还记得一个他几乎不认识的外甥女,他的心眼儿不可能有多坏。舅舅的信上还写着:我相信你遗传了你妈妈的骨气。一想到这句话,我不禁坐直了身子。我不知道自己是否遗传了妈妈的骨气。我对她的了解,不比我对这个陌生舅舅的了解多多少。但我还是会试着想象她,或许她现在正在天上看着我呢。她会怎么说呢?她会跟艾薇阿姨站在一边吗?还是会赞成我的决定?我胡思乱想着,就像以前常常想的那样——如果我在襁褓时就失去了爸妈,或许更好;那样,我就完全记不得他们了。

国际大奖小说

我所拥有的回忆非常模糊,令人深感失落——仿佛只是对过往的窃窃私语。我手边只有一张爸妈的照片。看得出来,我遗传了爸爸直挺的鼻子,以及妈妈歪扭的微笑。我完全不知道自己还遗传了什么特质。然而,我肯搬到蒙大拿州,肯搬到查斯特舅舅的农场上,显然颇具家族遗传的魄力。

"喵——"胡须先生在笼子里显得相当不耐烦。

"可怜的小猫咪。"我看看妈妈的表,把它别在我的马甲上。"你就快自由了。"火车很快就会抵达狼点,比面团发酵的时间还短。我在座位上挪挪坐得发酸的屁股,想要神不知鬼不觉地整理一下屁股底下的裙褶。坐在对面的胖子一直大声打呼噜,没想到我的动作吵醒了他,我赶紧再度把脸转向窗外。

"看到这样的风景,确实让人心情愉快,是不是?"他说。

我礼貌性地回应一声。

"你要去哪里?"他探身向前,呼出来的气息弥漫着烟草和威士忌的陈年臭味。

坐在隔壁、瘦竹竿似的牛仔也加入这番谈话。"她一定是去海伦娜,年轻女孩都去那儿。"

艾薇阿姨总是教我不要跟陌生人说话,但此刻坐在拥挤的北方铁路火车上,不回答似乎很不礼貌。

"我要去舅舅在维达的农场。"我这么回答,"就在圆环镇附近。"

胖子大呼一声,重重拍打他的大腿。"孩子,那一带啥也没有。绝对是啥也没有。"他摇摇头。

"流浪汉。"牛仔嘟哝着,把头上那顶油腻不堪的帽子压得更低了。

"请问您说什么?"

"流浪汉、乡巴佬儿……不管怎么叫他们都一样啦。"牛仔挥着一把看似很锋利的刀子,把手上的大块烟草削下了一小块。

"那些白痴农夫以为可以在那里闯出一片天地。"胖子用一条脏手帕擦擦额头。

"我……我……我舅舅有一座很棒的农场。"我调整一下自己的新帽子,"去年的收成很好。"说谎让我有点儿难过。可是,说不定舅舅去年的收成真的很好啊。

"可恶的铁路公司。"牛仔对着走廊的痰盂吐了口痰,差点儿命中。我的胃不禁一阵翻腾。

"我猜他被铁路传单给骗了,对不对?"胖子摇摇头。"他以为可以种出金块,而不是萝卜。"

"我舅舅的农场很……"一旦着急起来,我就想不出该说什么才好,"很富庶。"

胖子冲口说了一句下流话,害得我的胃痉挛起来。

国际大奖小说

"去死吧!"他接着又说,"他和那些贪心害人的铁路局员工只会扯谎,蒙大拿根本就不是那样。"他的声音重重打击着我。听了肮脏牛仔和红脸胖子的话,所有的乘客纷纷点头,并窃窃私语表示赞同。只有一个穿着黑大衣的男人始终默不作声。

这两个人真是粗鲁无礼,我恨不得破口大骂。我把午餐篮子抓得更紧了,并且提醒自己——身为一位有教养的淑女,实在不应该出声。艾薇阿姨曾经一再鞭打我的双腿,要我记住这个教训。

"狼点!在狼点下车的乘客请注意!"列车长把头探进了车厢,"小姐,你到站了。"

火车慢了下来,胖子的那张嘴可没慢下来。他让我想起上次那场传道大会的波特牧师,他一连讲道讲了三个小时,还因此自鸣得意。我一边收拾东西,一边希望胖子闭嘴。

"……都饿死了。就是没警觉,不知道何时该放弃。"他一直说个不停,"如果你是我的女儿……"

这时候,火车猛然停住。我踉跄着倒向走廊,拼命想保持平衡——以及我的尊严——同时还得抓好我的行李和猫咪。淑女的忍耐程度也仅限于此。这趟旅程实在是太长、太糟糕了。我的耐性就如同我的衣服一样,已经被磨损殆尽。"先生,如果我是您的女儿……"我直视着

海蒂的天空　18

他的脸,"等这辆火车再次开动时,我会一头撞到火车头上!"

一整车的人都吓得安静无声。牛仔高声呼叫着:"老爹,看来她有话对你说呢。"

我颤抖着声音说:"先生,祝你们今天愉快。"经过门口时,一个男人抓住我的手臂。

"对不起。"我很后悔发脾气。此刻恐怕有人想杀我。艾薇阿姨警告我上百次了,她总说:"小心西部的疯子。"我低头看着抓住我的那只手,发现居然是那个穿黑大衣、默不作声的男人。

"要怪就怪他们喝的烂威士忌吧。"他用手抬抬帽檐儿,"小姐,我想说的是,我有十足的信心,相信你在这片荒芜的土地上一定会成功。"

"谢谢您。"我用意志力命令自己的双腿停止发抖,可是它们不听我的话,"我舅舅确实拥有很棒的产业。"

"我相信他有。"男人温柔地说,"我相信他有。"他走回车厢。

我挪到走道上,拖着虚弱的双腿下了火车。折磨人的不仅仅是疲倦和愤怒,更糟的是,我的眼前忽然浮现出查理的脸,还想起他的善良和温柔。我充满了自怜,甚至很想念艾薇阿姨,至少我知道她会怎样对待我。我以为我知道蒙大拿会怎样对待我,我以为这里的人可以拥有梦想,可以抓住这些梦想,不让它破碎。现在我完全没把握。

我转过身,真想跳上火车离开。"小姐,祝你好运。"列车长帮我把行李搬下来,"欢迎来到蒙大拿。"

第 三 章

自由甘蓝菜

1918年1月3日
蒙大拿州狼点

亲爱的郝特叔叔:

祷告前,先给您写几句话。如果说这段旅程是趟冒险,那就像是说您很喜欢看报纸,确实一点儿也不假!我猜,冒险还没结束,今天才是一连串冒险的开始。

慕勒一家人虽然迟到,却真的来车站接我了。独自一个人——除了一只猫咪的陪伴之外——待在陌生、看不到任何熟悉面孔的火车站里,只要待上几分钟,就仿佛过了好久好久。很奇妙,对吧?当我明白可能得完全靠自己的时候,我会立刻采取行动的。您听了,应该会为我感到骄傲。

我一直发抖,把戴了手套的手塞在胳肢窝底下取暖。我完全不知道派瑞丽和她的家人要多久才会抵达狼点。天气糟透了!如果半路上发生意外怎么办?如果他们到不了呢?如果他们的马断了一条腿,无法来接我怎么办?如果……

我摸着妈妈的表。我现在就需要一些莱特家的骨气。我的牙齿在冰冷的空气中打战,站在月台上实在不是个好主意。慕勒一家还没到,我可能就已经冻死了。街上有块招牌写着"旅馆"。天气实在太冷了,我把行李箱留在月台上,毫不考虑地拎起旅行袋和胡须先生,沿着覆满白雪的街道走去。

才刚离开车站、走不到十步,我就听到一个女人的声音:"哟——哟——请问是布鲁克斯小姐吗?"

虽然派瑞丽·慕勒迟到了几分钟,但是她果真按约定到车站来接我了。派瑞丽的丈夫停下马车,她跳了下来。

"噢,我好怕我们迟到。"她匆匆忙忙向我走来,"麦蒂找不到慕丽。"

她一定觉得自己已经解释得够清楚了,可是我一个字也听不懂。我努力挤出一个虚弱的微笑,说:"您一定是派瑞丽·慕勒。"派瑞丽是艾薇阿姨口中那种长得很普通的女人。她的长鼻子配上圆脸,显得怪怪的;一头铁锈色的头发乱七八糟;走起路来还有点儿跛,一点儿也不优雅。不,男人不会回头多看一眼派瑞丽的;可是当她微笑着欢迎我时,我觉得她简直就像个电影明星。

她接过我手中的旅行袋,把我从头到脚打量一番。"是的,我可以看到家族特征。"

"真的?"我碰碰帽檐儿,"我从没见过查斯特舅舅。"

"他对我很好。"她说,"我们很高兴能够帮他照顾你。"她张开手臂,似乎想要拥抱我。我让胡须先生挡在我们中间,以便阻止她。她脸上闪过一丝不确定的微笑,接着一张圆脸再度开朗了起来。"也算是帮我们自己啦。你将是离我们最近的邻居。我等不及要跟女人好好儿聊聊了。"

"真是感谢您来接我,还送我回家。"我说。

"甭提了。"派瑞丽挥挥她的胖手,"这是我们的荣幸!新来的人总是大新闻。接下来一整个月,我都会是热门人物呢。"她领着我到马车旁,为我介绍驾驶座上那位高大、粗壮的男人,"这是卡尔。"

"你好。"卡尔对我点点头。

他说的是德文,我相当意外,只好用曾经在学校学过的一丁点儿德文回答:"你好。"卡尔微笑着,并把缰绳交给派瑞丽,走到月台上提我的行李。他毫不费力就把它提了过来,仿佛里头装的是羽毛。

派瑞丽把我塞进马车里,自己也爬了上来,并用一张很大的羊毛毡裹住我们两个。她指着身后的马车卧铺。"这是却斯,他已经八岁了。还有麦蒂,今年六岁,她是我们的小喜鹊。这个小宝宝是芬恩。"

"哈啰,孩子们。"我数了数,"哪一个是慕丽呢?"

麦蒂举起一个布娃娃。娃娃的头发是用黑毛线织成的,头顶秃了一块。"她在这里!"娃娃在麦蒂戴了手套的双手间手舞足蹈,"她说她很高兴认识你!"

麦蒂的口气挺认真的,我只好严肃地说:"我也很高兴认识你,慕丽。"

"哈啰,布鲁克斯小姐。"却斯伸出手,我握了握他的手,"我一直在帮你照顾紫罗兰和塞子。"我花了一点儿时间才想起来——紫罗兰和塞子,是查斯特舅舅留给我的牲畜。

"它们现在住在我们那里。"派瑞丽解释道,"等你安顿好以后,却斯就可以把它们还给你了。"

这时,小芬恩哭了。卡尔把我的东西装上马车,便驱车朝着旅馆驶去。他在旅馆的前门放我们下来,接着转往马厩。屋外的空气好冷,我们纷纷走进大厅里取暖。

"艾瑞克森并不豪华。"派瑞丽说,"可是食物不错。路太远了,今晚回不去。等明天吃完早餐再走。"她把宝宝芬恩从毯子里抱出来,帮麦蒂脱掉外套,同时骂却斯不该偷看铜质痰盂里的东西——从头到尾一气呵成。

"离这里有多远?"想到新家近在咫尺,我的心像松鼠一样乱蹦乱窜。

"喔,明天黄昏就会到。"派瑞丽像赶小鸡似的,把到处乱跑的孩子们一一找了回来,"我最好带孩子们上楼。"

"好,我在镇上有点儿事要办。我得去见艾柏卡先生。"我把胡须先生的笼子交给却斯,"谈谈关于地契什么的。"

"我们可以摸它吗?"麦蒂蹲下来看着笼子里头。

"等我回来再说。"我说,"它需要适应一下。"

"往那边走,经过几户人家的门口,就是艾柏卡的办公室。"派瑞丽伸手指了指,"办完事情以后,你为何不回旅馆来?我可以陪你一起买东西。"

"哦,不用麻烦了。"她实在不需要分神照顾另一个孩子,"我可以自己来。"

"那就晚餐见喽。"她领孩子们上楼去了。

抵达艾柏卡先生那里时,他正忙着帮别人处理事情。我在唯一那张空椅子上坐下来。

"看来都齐全了,汤姆。"艾柏卡先生望着坐在他面前、满脸倦容的男人,"你带来最后一笔手续费了吗?"

汤姆数着钞票,边数边把它们放在桌子上。"简直是抢劫。"他摇摇头,"只不过是一些文书工作,居然要三十

国际大奖小说

七块七十五分钱。我已经付了二十二块钱申请垦荒!"

"我可没有靠你发财哟,汤姆。"艾柏卡先生放下手中的笔,"我只收下两块钱手续费。"

"艾柏卡,我不是在怪你。"汤姆笑了,并且站起身来,"可是所谓的免费垦荒其实一点儿也不便宜。"

艾柏卡先生摇摇头。"恭喜,汤姆。你现在是三百二十亩蒙大拿土地的主人啦。祝你好运。"

汤姆经过我身边时,朝我扶了扶帽子。"早安,小姐。"

我点头回礼。

"我能帮你什么忙吗?"艾柏卡先生拉开刚刚空出来的椅子。

"我是海蒂·伊尼斯·布鲁克斯。"我坐下来,希望自己的外貌显得更成熟一点儿,"是查斯特·莱特的外甥女。"我把查斯特舅舅的信拿给他看。

"不寻常。"艾柏卡先生摇摇头,"非常不寻常。"

"您是说……"

"我不知道……"他用笔轻拍自己的胡子,"你几岁了?"

"十……十七岁。"吹牛让我分外不舒服。

"几岁?"

"十六。"

海蒂的天空

"老天爷!"他手上的笔掉了下来,"查斯特到底在想什么啊?"

看样子,我完全没办法回答这个问题,只好保持沉默。

"你妈妈怎么会让你来这里?"他问道。

"她过世了,先生。"我碰碰妈妈的表,它还别在我的马甲上,"我爸爸也过世了。"

"那么,好吧。"很奇怪,艾柏卡先生似乎很同意我的话,"遗产受益人。同时也是户主。"他坐在椅子上转了个身,在木质档案柜里翻找着。

"莱班、莱姆、莱锡……过了。啊,找到了!查斯特·修柏特·莱特。"他把文件拿近一点儿,"离这里大约三十里,离最近的维达镇有三里。"他露出微笑,"其实,维达还算不上是城镇啦,你有办法过去吗?"

我点点头。"卡尔和派瑞丽·慕勒会带我去。"

"好人。他们会照顾你的。"他转身面对桌子,"你舅舅有没有跟你提过,到时需要耕种八分之一的土地?总共是四十亩。"他隔着眼镜对我眨眨眼,"还要装设四百八十杆围篱。"

我的胃翻滚了起来,嘴巴像布一样干。四十亩!相比之下,郝特叔叔的菜园简直就像一张邮票。四百八十杆围篱?我根本不知道那有多长。听起来好像够我一路围到阿灵顿去。"他提过要符合垦荒条件。"

"条件不多,但是很重要。"他逐一说明,"首先,你必须盖屋子和围篱。听说查斯特已经盖好屋子了。不知道围篱弄了没?"说着,他举起食指,"第二,你得种东西。大部分的人会种亚麻,因为比较好种。我说过了,八分之一的土地。"他举起中指,"第三……"他的无名指也跟着加入了,"三年内一定要完成。查斯特在1915年11月领地,你还剩……"

他看着身后的狼点国民银行月历。"十个月。别忘了最后一笔手续费。"

我勉强露出微笑。"我知道。三十七块七十五分钱。免费荒地。"

艾柏卡先生不再翻弄手上的文件了。他看着我,不禁笑了。"学得很快嘛。"他在记事簿上写了些东西,"海蒂·伊尼斯·布鲁克斯小姐,希望11月的时候会在这个办公室里看到你。"

"我也这么希望,先生。"我站了起来。

他也站起身,伸出手。"年轻的小姐,好好儿照顾自己。你需要买些东西吗?"

"那正是我接下来要做的事。"我说。

"去汉森现金杂货店,汉森先生会给你好价钱。"办公室的门又打开了,艾柏卡先生的注意力转移到刚进来的人身上。我尽量不盯着人看,但是进来的人真的很奇怪——又厚又黑的胡子长到腰际,粗粗的眉毛上沾满了白雪;一双眼睛看起来比那张脸孔年轻三十岁。那人围着一条很长的格子围巾,毛帽歪歪地戴在大头上。

他至少穿了三件外套。我在阿灵顿从未见过那样的布料和花色。

"海蒂·伊尼斯·布鲁克斯小姐,容我为你介绍另一位邻居。这位是吉姆·法勒先生。"

"艾柏卡,不要让这位小姐搞混了。"法勒先生脱掉一只手套,伸出一只巨掌,"大家都叫我公鸡吉姆,你也这样叫我吧。"

"您好。"我握住法勒先生——公鸡吉姆——的手,轻轻晃了晃。艾柏卡先生的办公室忽然变得很臭,他闻起来就像鸡窝,难怪会有"公鸡吉姆"这个绰号。

"希望你会下国际象棋。"公鸡吉姆放开我的手,"我习惯跟查斯特玩国际象棋,他总是输我。"

"真抱歉。"我从皮包里找出手帕,搁在鼻子前,"我不会下棋。"

"我可以教你。"公鸡吉姆咯咯笑了,"没问题。"

"谢……谢谢。不过,我想我会很忙。"我慢慢地移向门边。

"忙着保持温暖!"公鸡吉姆被自己的笑话逗得咯咯

直笑,"这里最主要的娱乐就是保暖;还有,夏天来的时候保持凉爽。"

"好了,吉姆,不要把可怜的小女孩吓跑。"艾柏卡先生对我笑了笑,"她才来几个小时而已。"

"好吧,我的邻居,去忙你的事吧。在荒地那边见喽!"公鸡吉姆说着,动手脱掉身上的两层外套,又一股臭气湮没了房间。

"嗯,好,谢谢您。"我朝他俩点头道别,赶紧走了出去。外头的冷空气简直太美妙了——我正需要这个,好让头脑冷静下来。我倒不担心爱下国际象棋的臭邻居,而是艾柏卡先生刚刚说什么来着?四十亩农作物,四百八十杆围篱。我深深地吸了一口冷空气,拉紧围在身上的披肩。郝特叔叔总爱说,没有必要自寻烦恼;而且,派瑞丽也曾在信上提到,她和卡尔会帮我。我今天晚上得跟他们谈谈。他们一定能够回答我的疑问,我必须一步一步来。如果别人做得到,我没有理由做不到。

汉森现金杂货店就在对面街——如果现在是宜人的春天,一定一下子就走到了。此刻,风雪正扯着我的羊毛裙摆,我挣扎着穿过冰冷的街道,犹如一个走钢丝的人,在急着躲避风雪和避免滑倒之间寻求平衡。我不时地滑来滑去,牙齿直打战;好不容易,终于稳稳踏上了扫过雪的木头台阶。这段短短的路让我浑身热了起来。我开门走进屋里,这里的气味——混合了腌黄瓜、烟草和薄荷——让人想起郝特叔叔的店。

店员正忙着招呼另一位顾客。他朝我点点头,又继续服务站在柜台前的胖女人。

"汉森先生,我不确定这种黄色丝绸是否适合我的身材。"她挑剔地说,"或许粉灰色比较好。"

"您穿上黄色,就像一抹阳光似的。"他安抚她。

我忍住不敢笑。一抹阳光!比较像闪电吧?

趁着汉森先生招呼这位太太时,我浏览了一下架上的东西。那位太太付了钱,也不跟我打招呼,就和她的黄色丝绸一路飘出店外。

"午安。"我挺直身子,"艾柏卡先生说您可以帮我准备一些生活用品。"

"这么说——你就是查斯特的外甥女喽?"

"嗯,对……我就是。"

"欢迎你,新邻居!"汉森先生跟我握了握手,"派瑞丽要我好好儿照顾你。"说着,他微笑了,"如果可以的话,她会像老母鸡一样照顾整个社区。"他从柜台后头走了出来,"我现在的货不多,加上又有可恶的面粉和白糖管制;不过,我相信可以帮你凑齐需要的东西。"

汉森先生开始急急忙忙地拿东拿西。他一定瞥见了我脸上的惊慌。"年轻小姐,等到外面是零下十五摄氏度,前门整个被冻住的时候,你会很高兴有这二十磅豆子的。"

我很快就有了属于自己的储粮:四分之一桶面粉、十五磅玉米粉、二十磅咖啡、煤油、葡萄干和一些水果干、一罐茶叶、一些肉罐头、罐头食品和各种香料。

"我最多只能卖你二十五磅白糖。"汉森先生抱歉地说,"打仗嘛。"

"这样就够了。"我想象不出该怎么用掉那么多的白糖。

汉森先生把白糖也堆到柜台上,满意地咂咂舌,说:"这样应该够了。"

"足够喂饱我和另外五十个人啦!"我笑了。真希望查理可以看到现在的我——一个中等身材的女孩,居然拥有足够喂饱他整个部队的储粮。

门开了,派瑞丽匆匆走进来,一股冷空气也跟着尾随而入。"我就知道可以在这里找到你。"她看看我买的货物,不禁点头赞许,"用银叶猪油烘焙最好了。"她拍拍锡罐,又说:"你还需要买些粮草喂紫罗兰和塞子。"汉森先生又算了一次价钱。我数了十四张宝贵的五元钞票付账。接着,派瑞丽转向汉森先生,掀开她带来的篮子,天堂般的香气立刻充满了整个房间。"我的咖啡不够了。"她把手伸进篮子里,"我可以用两个德国水果馅饼跟你

交换吗?"

汉森先生搓着玻璃桌面,仿佛上头有个看不见的污点,"我不知道,派瑞丽。大家都不想跟任何德国东西打交道。战争……"汉森先生摇摇头,"我必须把德国酸菜改名为'自由甘蓝菜',才卖得出去。"

"可是我的水果馅饼在农展会上赢得蓝丝带啊!"

店老板压低声音说:"或许你最近不要再做了。告诉卡尔……"

店门打开了,冷风带来了另一位顾客。汉森先生并未把话说完。"我可以让你拿些咖啡。"他平静地告诉派瑞丽,"赊账。"

派瑞丽盖上篮子。"不,谢谢你。卡尔……"一说到丈夫的名字,她不禁提高声调,几乎快哭了,"我丈夫有能力养家。我们不需要赊账。"

"派瑞丽……"汉森先生把手伸向她。

"等一下他会来帮海蒂把东西搬上马车。"她转身走出杂货店。

我跟着她走出去,却在门外犹豫了一会儿。我还没想到该做什么或说什么,她已经走到街上。我想起查理给我的唯一一封信,那是他被派到海外之前写的。他对军队给的刺刀充满了仇恨,"我准备好要亲自对付德国皇帝了",他是这么写的。战争——我们的敌人——很遥远，就像查理在法国一样遥远。汉森先生必然了解这一点。更何况，他难道没有闻到从派瑞丽篮子里散发出来的肉桂和苹果香气吗？我觉得即使是威尔逊总统也会想吃呢！

已经中午了，我到小餐馆里吃了顿午饭。用过火腿三明治、派和咖啡之后，我在桌上放了五十五分钱，走到小餐馆门外。虽然天气很冷，我还是决定下午花点儿时间逛逛狼点。这里离我的农场有三十里，我大概不会常常来。宏伟的雪门旅馆坐落在小镇的另一头，旅馆前面是公园，里头有座露天音乐台。走道上的雪已经铲干净了，看得出走道是用水泥铺成的，而不是木头。狼点还有其他各种现代化的迹象。狼点汽车公司的广告上有别克、雪佛莱和道奇汽车。我快步走过农夫电话公司，走进国民银行开户。隔壁就是贺克索药房，我买了一罐旁氏冷霜。光是办这些事情，就让我冷得不行，就算那家叫作"时尚"的服装店橱窗所摆设的衣服，也吸引不了我。还没逛完狼点，早已麻木的双脚向我宣告游览结束。我赶回艾瑞克森旅馆，要了一杯热茶端回房间，一直写信，直写到六点的晚餐时间。

我在旅馆请大家吃烤牛肉。这对我的经济一点儿帮助也没有，可是我应该这么做。"你们为我做了这么多，至少让我招待你们一下。"派瑞丽抗议的时候，我是这么说的。在蒙大拿,我想没有负担地展开新生活,不欠任何人情。这样,他们就无法跟艾薇阿姨和其他收留我的亲戚一样,老是提醒我还欠他们多少人情。

漫长的一天里,就数这顿晚餐最棒了。孩子们相当乖巧,派瑞丽一直说个不停,卡尔和我只消坐在那里享受温暖就好。派瑞丽并未跟卡尔提起杂货店里发生的事,至少我没听到。

吃完晚饭,我们互道晚安。他们回他们的房间,我回我的房间。胡须先生躺在床前的地板上轻轻打呼噜。我穿上旧睡袍,像平常一样祷告。当我躺下来睡觉的时候,我知道:一切再也不会"像平常一样"了。我坐上火车的时候,还是四处为家的海蒂;可是,在狼点下车的,却是垦荒者海蒂,是个拥有土地的人,是个有可能实现愿望的人。

这个甜蜜的念头有如郝特叔叔烟斗的烟雾,在我的脑海里袅袅盘旋。我很快就睡着了。

第四章

我的八岁小骑士

1918年1月4日
我的新家
蒙大拿州维达镇西北方三里处

亲爱的查理:

严格说起来,我还不在新家。事实上,我们尚未离开狼点呢。要把三个孩子打点好、坐上马车,是一件大工程。我还在喝第二杯咖啡,派瑞丽和卡尔正忙着追赶他们的小孩儿。如果我的字迹不符合辛普森老师的标准,那是因为我兴奋得双手颤抖。

我的双手很快就会被冻得发抖。即使大家都挤在马车里,用羊毛毡盖住全身,只露出鼻子来,我们铁定还是会冻得比冰还冷!

噢,他们在叫我了。我等一下再写……在我的新家写!希望你读到这几个字的时候,不至于感到厌倦,因为

我觉得自己永远也写不厌。

让大家梳洗干净、穿好衣服、吃完早餐是件大工程。终于,各种装备、孩子和猫咪都上了马车。我的胃兴奋得抽搐着。我走过雪地,爬上马车,坐在派瑞丽身旁。我要前往我的新家了。

卡尔出声下令,马匹开始往前走。我很感激他们能带我去查斯特舅舅的农场。但是,胡须先生、派瑞丽、三个小孩儿、卡尔、我和我的东西挤在一起,马车里简直没有呼吸的空间。不过,在这么刺骨的正月寒风里,反正也没办法好好儿呼吸。派瑞丽、孩子们和我深深地埋在毯子下面。卡尔驾着马车,他的脸被冻得通红。马车平稳地前进,穿过了平缓、没有树木的乡野。

"在不熟的人面前,他不好意思说英语。"派瑞丽跟我解释卡尔的沉默,"他讨厌犯错。我常跟他说,跟我结婚、照顾我的孩子是他唯一的错。"说完,她不禁大笑。卡尔也跟着摇摇头。

派瑞丽拍拍肚子,说:"今年夏天,他就会有自己的孩子。"

"妈妈,看那边!"却斯指着左边。路转了个弯,马车驶进一座浅浅的山谷,两旁都是干涸的河床。一只狼站在左边的山丘上,背后衬着冰蓝的天空。

"这……"我清清喉咙,说,"这边的狼会惹麻烦吗?"

"我才不怕狼呢。"却斯说,"如果狼靠我太近,我就开枪射它。"

"你们曾经不得不开枪射狼吗?"我问。我在汉森先生的店里买了一堆东西,就是没买枪。或许查斯特舅舅有枪。但就算有,我也不会用。

"它们不会找你麻烦。"派瑞丽说,"它们肚子饿了,就像那边那只一样,会去吃牛或羊,不会吃甜甜的爱荷华女孩。"她撞撞我的肋骨,被自己说的笑话逗得哈哈大笑。

我用披肩把脸包得更紧了,好像那一片毛料可以保护我不被狼吃掉或是碰上其他危险似的。我的眼睛还露在围巾外头,因为寒风而泪流不止。我学会了透过羊毛披肩呼吸,以便让空气暖和一些,才不会像刀子似的刺进肺里。我的脚踝以下仿佛冻成了两团冰块,即使穿上两双羊毛袜,也无法抵御蒙大拿的冷风。我在木头座位上挪挪身子,好促进血液循环,让身子暖和一点儿,也让我得以从一个更好的角度——帽子和披肩之间的细缝——好好儿研究四周的景色。

要怎么跟查理描述这里呢?截至目前,一棵树也没有。但也不能说这片土地是平坦的,虽然很容易就会这么认为。不,这里比较像铺在巨人大床上的拼布被——

当然都是白的,因为积了几尺深的冰雪。到处都有隆起的矮丘,看起来就像巨人的脚趾或膝盖。远处,仿佛是巨人的头蒙在被子底下,突起了一大块。看着看着,我好似可以看出被子沿着巨人的手臂和身躯垂落的线条。不,不是像桌面那么平。记得去年你过生日的时候,我帮你烤的蛋糕吗?我会这样写信给查理,蒙大拿的土地比我的蛋糕平一点儿,可是也不那么平。我转头,发现派瑞丽正看着我。

"查斯特跟你一样,有双淡褐色的眼睛。"她说,"当然,他没有头发。不过我猜他年轻时一定跟你一样,有一头棕发。"她似乎恍惚了片刻。

"他是怎样的一个人?"我问。

派瑞丽嘟着嘴回答:"很安静。可是只要一开口,大家都会听他的。老天爷,他真爱读书……这家伙简直就是一座图书馆。"想起过往的一切,她时而露出微笑,"不过,他总是很哀伤,不知到底有什么心事。不管他笑得多大声,还是可以听到他心底深处的忧伤。"

"他孤单吗?"我试着想象这位素未谋面的舅舅,跟我有同样的眼睛,却没有头发,"我是说,他过世的时候。"

派瑞丽的脸上浮现出温柔的微笑。"查斯特这种人?不,他不孤单。当时,我和卡尔都在。莉菲·波尔威斯和公鸡吉姆也在场。"她拍拍我的臂膀,"老天爷,他一直提到你,一直到断气都还在提。他一定很高兴你来了。"

我们在雪地里安静地前进了一会儿。"真希望能够认识他。"我说。

"你们会是好朋友的。"派瑞丽这么告诉我。这让我觉得安慰,至少安慰了我的心。

至于要安慰我的身体,完全是另外一回事。自从离开狼点之后,马车这种交通工具的光环大大降低了。这趟冰冷、摇晃的车程,把我骨子里的最后一丁点儿幽默都赶跑了。根据查斯特舅舅的说法,我遗传了妈妈的骨气,我的骨子里可流着我母亲的血液;等到终于抵达新家时,这些血液早就结冰了。

"到了!"却斯喊着,兴奋和冷风让他的声音变得尖锐刺耳,"莱特先生的屋子。"

真是不敢相信。用"屋子"称呼它,就如同查理一样——善良且大方。即使艾薇阿姨的鸡都住得比这个好。这间屋子比郝特叔叔放工具的小屋大不了多少,也坚固不到哪里去。墙上的缝隙露出黑色的防水油纸,看起来就像蛀牙似的。屋门制作得相当粗糙,门前有座两层的木头阶梯。屋门的左边有扇小小的窗户——我后来才知道这是唯一的窗户——呆望着我。我望向屋子的目光想必也一样呆滞。

卡尔让马车慢下来。

"甜蜜的家园!"派瑞丽开心地说,"亲爱的,我们会帮你把东西搬进去。可是我们不能久待。天快黑了,我们得回家。"

"甜蜜的家园。"我哑着嗓音说。这栋歪歪斜斜、乱七八糟、九尺长、十二尺宽的小屋……我的家。

"啊,雪。"卡尔开门的时候用德语嘟哝着说,"雪。"

"噢,糟糕。"派瑞丽把鞋子上的雪跺掉,"钥匙孔没塞好。"

即使光线微弱,我也看得到地板上的一层积雪,这些雪被风从钥匙孔吹了进来,仿佛大自然就是不想让我住进来似的。我真想哀求派瑞丽带我回她家,但终究还是忍住了。

麦蒂把她的小手塞进我的手里,说:"你可以把雪扫起来,煮一煮,泡咖啡喝。"

"我确实可以。"我清清喉咙,忍住泪水,"感谢上帝,我买了一把扫把。"

"就是要有这种精神。"派瑞丽拍拍我的手臂,"我知道看起来不怎么样。垦荒的屋子都这样。等到这片地真正属于你以后,就可以盖栋像样的屋子。"

"那你……"如果我问派瑞丽,她的屋子是不是也这么糟,会不会很不礼貌?"我是说,你的地已经真正属于你了吗?"

"亲爱的,我是老鸟啦!"派瑞丽笑了,"我现在已经有栋舒适的屋子。每个人一开始都是住这种屋子,甚至还有更糟糕的。"她把抱在怀里的芬恩从一边换到另一边,"我爸妈有栋泥屋,是用泥砖盖的。冬暖夏凉,可是有好多虫子!灰尘,到处都是灰尘。"她从口袋拿出一条手帕帮芬恩擦鼻涕,"相信我,跟泥屋比起来,这简直是座城堡。"

却斯从门口走进来,一股冷气被他带进屋里。"布鲁克斯小姐,我帮你提了些水。今天晚上可以用来清洗东西。"他把水桶放在炉台上。

"噢,谢谢你,却斯。"他的好意让我惊讶。

"你的井就在外头。"他指着屋外,"到了早上,你会需要再去提些水的。"

"终于,最后一包。"卡尔把最后一包东西搬了进来。

"好啦。"派瑞丽转身对我说,"亲爱的,我们必须回家了。"

胡须先生从笼子里出声抗议。它似乎也不太喜欢我们的新家。

派瑞丽说:"我建议你这几天把它留在屋子里。"

"它很强壮。"我说,"它受得了冷。"

"不是,亲爱的。"派瑞丽拍拍我的手臂,"是为了抓老鼠。"

我打了个冷战。"屋子里?"

"查斯特不太整洁,屋子又空了一阵子,而且……"

我赶紧举起手。"别再说了。"

派瑞丽笑着点点头。"亲爱的,你真好玩。"她把油灯和我的一小箱书递给我。卡尔递过来一个用毛巾包着的、有盖的盘子和一个水果派。

"生个火。"派瑞丽说,"你可以把这热一热当晚餐。"

"你已经为我做太多了!"我抗议着,但是派瑞丽把耳朵遮住。"至少让我回报你。"我拿起一罐咖啡,"拜托。跟你交换。"

她的手在空中犹豫了好一会儿,才接下咖啡。"我不得不说,家族特征还不只是外貌呢。"她伸出手臂,又给了我一个拥抱,这次我并未闪避。

一阵马蹄声过后,他们走了。我一直看着,直到他们消失在地平线上。

"喵——"胡须先生似乎对生活品质下降感到委屈。这个小笼子——噢,真的很简陋,完全没有家与炉火的温暖气息——很脆弱,它把我关在里面,却无法把其他的东西关在外面。日常用品似乎都有了:炉台、咖啡壶、面包盘和水壶之类的东西,还有一些粗糙的木板架子可以放东西。

我累坏了,整个人瘫在地板上。我可以想象自己的

国际大奖小说

第一封信寄回家时,会是什么情形。我早就跟你说过了,艾薇阿姨会在郝特叔叔鼻子底下挥着信说,去蒙大拿这件事情太疯狂,不会有好结果。她比我们的猪过得还糟糕。

我真想待在地板上好好儿大哭一场。但是地板不但肮脏,还非常冰冷。"上帝啊!"我喊着,"我该怎么办?"我把额头靠在屈起来的膝盖上,眼泪落在我旅行时才穿的羊毛裙子上。忽然间,我听到了上帝的回应。

"振作起来,海蒂·伊尼斯·布鲁克斯,"我的脑子里有个声音说,"把火生起来,免得你剩下的脑子都冻僵了。"

我吓得跳了起来,赶紧拍掉身上的灰尘,点了灯,开始整理新家。扫把果然派上了用场。我一边扫地,一边试着不去想灰尘堆里一粒粒的东西是什么。胡须先生发出一声低沉的吼叫。它蹲在炉台前,尾巴摇来摇去;它的尾巴突然静止不动,前爪立即扑出去,一声小小的尖叫声随即响起,几乎就像小精灵发出的声音。接着,胡须先生跑到屋子角落,我可以听见它嚼骨头的声音。

我发抖地吸了口气。"好吧。"我试着找火柴点火,"胡须先生,你的晚餐有着落了。我也弄点儿晚餐吃。"

火炉旁一个有缺口的桶里,装着一大堆生火用的圆柏木块。我把树枝塞进火炉里。才一下子,燃烧的木块就散发出了香味。

派瑞丽在马车上跟我解释过,垦荒的屋子里都烧野牛粪。"野牛没了。"她说,"幸好它们的粪便还在。"我戴上查理的妈妈送我的工作手套,把手伸进一个旧桶里,拿出那些黑黑的东西。我咽下自己的骄傲,迅速地把它们丢进火炉。很快的,小屋可以住人了。我的意思是说,只要我一直走动,五脏六腑还不至于冻成冰块。

我按照麦蒂的建议,把地板积雪的最上层铲起来,放进咖啡壶,在火炉上烧开,又把派瑞丽给的炖肉放在火炉后头温着。艾薇阿姨舍不得丢掉她的旧火炉,因此我早就学会使用这种旧式火炉,至少会煮点儿东西就行了,但烘焙还不行。我拿了些餐具,找到埋在一堆小说和莎士比亚剧本下头的桌子。查斯特舅舅和我有一项共同的家族特质——我们都喜爱读书。

我感觉暖和多了。小屋被油灯照亮,我看到每个架子上、每个角落都堆着书、报纸和旧杂志。查斯特舅舅没什么好东西——如果艾薇阿姨发现整间屋子里连一块绣花纱巾都没有,一定会吓死——但是他有很多书。在一大堆《达科达农夫》、《流行杂志》和《周六晚报》下头,我找到一个木箱子当书橱。

拿破布和温水用力刷洗之后,桌面终于光亮了。我摆上搪瓷盘子、锡叉子和锡汤匙。"就像铁路大亨范德比尔特一样有钱!"我这么告诉胡须先生。它吃完第一道菜后,走到火炉边躺下,露出肚子取暖。屋子里没有椅子,没关系,把装猪油的空桶倒过来放,就可以坐了。查斯特舅舅会不会也喜欢这样坐呢?

晚餐热好后,查斯特舅舅的屋子——我的屋子——开始舒适了起来。我为自己倒了杯咖啡,给胡须先生倒了一碟罐装牛奶。"庆祝我们搬进新家!"我举杯敬它。

想到之前来自上帝的指示,我不禁低下头来。"为了查斯特舅舅,感谢我主。希望他在您那里平安。谢谢您让我遇见派瑞丽,她帮我准备了这顿晚餐。谢谢您到目前为止都保护我平安无事。胡须先生也想为那只老鼠谢谢您。阿门。"

我开始吃饭,汤匙碰到盘子发出清脆的声响。炖肉有着鼠尾草、胡萝卜和希望的味道。吃完之后,唇齿间余味犹存。我让胡须先生把盘子舔干净,接着切开派瑞丽的水果派。这派吃起来比闻起来更棒。一想到派瑞丽在镇上想用水果派换东西时所遇到的困难,我不禁摇头。有些人就是死脑筋。

一阵规律的呼吸声忽地传来,胡须先生已经睡着了。真是漫长的一天。我从火炉的水槽里舀了几勺热水,倒到最大的搪瓷盆里,接着放进一块肥皂,搅和成一盆肥皂水。我用肥皂水洗盘子,再用干净的水冲掉肥皂泡。盘子先放在干净的面粉袋上,接着用另一个干净的面粉袋擦干。我可不要让任何人说我的盘子没擦干。等一切就绪之后,我开始铺床。

屋子很小——整间屋子可以塞在艾薇阿姨的客厅里了——床是直立的,用铰链拴在墙上。我把床拉下来。查斯特舅舅的床单简直比破布好不了多少。我赶忙铺上自己带来的唯一一条床单。我把柴火堆紧,让火慢慢地烧,屋里的温度立刻下降了许多。我告诉胡须先生:"希望我们不会被冻成冰棒。"它赶紧跳上床。

我脱掉裙子和衬衫,套上睡袍,大声唱歌保持温暖。"前进吧,基督的小兵,打赢这神圣的一仗!"我一面大声唱歌,一面原地踏步,接着吹熄蜡烛,跳到床上。过了几分钟,我跳了起来,赶紧加上几层衣服、一顶帽子、两双袜子。胡须先生窝在我的脚旁,我觉得越来越暖和,就慢慢睡着了……

我醒来了,眼睛模糊,又饿又冷。

我下了床,把被子裹在身上。"呼!"我穿过冰冷的地板,一路跳到火炉那头,"我可以切一块空气,等夏天到了,把它放在柠檬水里当冰块。"

"喵。"胡须先生在毯子底下挪来挪去,帮它自己在床上弄了个小窝。

"别搞错啦。"我吹着昨晚残留在火炉里的灰烬,"床得收起来,才有走动的空间。"我一路跳着脚,拿了一把木柴丢到灰烬里。"弄点儿东西吃吧。而且要快!"我抓起咖啡壶,才猛然想起:水在外头,在外头的冰天雪地里。我开始穿衣服。"第一课:每天晚上必须提一桶水进来,早上才能煮咖啡。"

胡须先生打着呼噜表示同意。

我踏出门外。如果有牛仔刚好经过,他们看到我的模样一定会跌下马来。我穿上所有的衣服,看起来就像麦蒂的布娃娃。我小心翼翼地走下结冰的台阶,穿过院子走到井边。

只要吸进冰冷的空气,我的鼻腔就会感到刺痛。我的眼睛流泪不止,几乎看不到打水的手把。我必须轮流跳动两只脚,才能保暖。实在太冷了,根本无法思考。这样跳来跳去时,我想到一件更重要的事情。

昨晚上床之前,我曾跑出来上厕所。那时候觉得好远,现在又觉得更远——而且还是那么冷。艾薇阿姨和郝特叔叔家的室内厕所把我惯坏了,这又是一件得在蒙大拿习惯的事。我快快上完厕所,脱掉手套,抓了一张广告纸擦屁股,迅速穿好衣服。

我快步回到井边,开始打水。这得用到很多块肌肉呢——却斯才八岁,他是怎么做到的——很快的,我打满一桶水。快要有热咖啡可以喝了!

我试着放开汲水的手把……可是没办法,我的手上带有晨间空气的湿气,早已牢牢地粘在金属手把上。

"哎哟!"我一扭动,冻僵的手立刻变得又肿又痛。我动不了啦。我的脚被冻得又痛又痒,可以想象它们在靴子里肿胀、变黑。我的牙齿不停地打战,仿佛就要一颗一颗掉光了。

我可能会是第一个因为愚蠢而阵亡的垦荒者。等春天来时,我的骷髅即将被人发现——这个想法迫使我立即采取行动,我再度努力地拉啊扭啊。

"喂,海蒂小姐。"一个年轻的声音在叫我,"你在做什么?"来的是却斯。他骑着卡尔的马,拉着一匹大马和一只褐色、有白斑点的牛。

"噢,哈啰,却斯。"若不是因为我被牢牢地粘在手把上,我恐怕会跳进井里去,免得被他看到这副窘样,"我好像遇到困难了。"

他下了马,把缰绳拴在井旁。"冬天的时候,妈妈会在手把上绑一副旧手套。"

"嗯,那倒是个好主意,不过……"我根本不需要说完。

却斯马上跑进屋里,把炉台上剩下的一点儿温水端来,慢慢地浇在我手上。

"啊!"忽然接触到温水,我的每个关节都刺痛起来。我的手自由了,我把手塞在胳肢窝底下。"好痛哟。"

却斯拿起水桶,扶住我的手臂。"进屋里去吧,海蒂小姐。你最好暖一暖身子。"

我一屁股坐在桶子椅上,整个人都冻僵了,毫无用处。这个八岁的孩子在屋里忙东忙西的。他生火、煮咖啡,喂了胡须先生一碟罐装牛奶,还帮我打了另一桶水。

"你吃过早餐了吗?"我问他,手上终于捧着一杯热咖啡了。

"吃过了。"

"可是我还没吃呢。你能够再吃一顿吗?"不等他回答,我打开汉森先生放在包裹里的小册子。这是皇家烘焙粉公司送的《最佳战时食谱》,里面写满了如何节省面粉、鸡蛋和其他材料的烹饪方法,因为现在是战时。我量了两杯荞麦面粉,倒进大碗里,又搅进四匙皇家烘焙粉——艾薇阿姨只肯用这种烘焙粉——和半匙盐。"你可不可以从那边的架子上拿两罐牛奶给我?"却斯立刻递来牛奶。我按照食谱上所说的,在面粉里慢慢加进了牛奶。

我舔湿手指头,碰碰正在炉台上热着的平底锅。嗞——"够热了!"我把烫痛的手指头放进嘴里吸着。我会做的就是煎饼。很快的,我们的盘子上各有一大堆煎饼了。我们开始吃了起来。

暖和了、吃饱了、学乖了,我推开盘子,说:"好啦,你妈妈懂得在手把上绑一副旧手套,那么,在我做其他蠢事之前,还有什么我应该知道的事吗?"不知为什么,跟却斯谈这些并不会让我觉得自己很没用。希望他不会告诉卡尔和派瑞丽这个新邻居多没脑筋。

却斯很高兴有机会当老师。接下来的一个小时,他忙着教我垦荒生活的各种技巧。"尽量少用圆柏。"他看过我的柴火堆之后说,"因为很难找到。"家居生活课程结束后,他带我到谷仓,帮我安顿好紫罗兰和塞子。

"你会挤牛奶吗?"他问。

"我会。"我说。我曾跟一个养殖乳牛的远亲住过。

"紫罗兰脾气不好。"却斯拍拍牛肚,"小心它的尾巴。"

"好,知道了。"

"查斯特把它的小牛给了我们。我叫它小鹿,因为它长得就像我以前在格兰戴夫看过的一只小鹿。"

"那是个好名字。"我拍拍紫罗兰,比却斯小心翼翼多了。

却斯又教我怎么照顾塞子。"它是匹优秀的农场马,几乎会自己照顾自己。"他说,"海蒂小姐,我该回去了,不然妈妈会担心的。"

我送他到院子里,他的马还在那里。

"我要怎么谢谢你才好呢?"他和他的家人一下子就把我当自己人照顾,我好感动。

"你可以帮我上马。"他抬起右脚。

我合上双手,让他踩着抬腿上马。"帮我问候你妈妈。"

"好的。"却斯让马掉个头,"海蒂小姐,谢谢你的早餐。"

说完,我的八岁小骑士就骑着马走了。

我回屋里翻翻找找,终于找到一副旧手套,可以用来绑在水井的手把上。

那天晚上,我的祷告充满感谢。"谢谢却斯,谢谢派瑞丽,谢谢他们教我的一切。"我说,"可是,上帝啊,如果您能够让我不要用这么蠢的方式学习,我会很感激的。阿门。"

胡须先生也喵喵地说着阿门。

第五章

紫罗兰,快跑!

1918年2月5日
蒙大拿州维达镇西北方三里处

亲爱的郝特叔叔:

您要我多跟您谈谈我的日常生活。我的生活多么奢华啊,您简直无法想象!

每天早晨,我打来新鲜的水,先喂饱塞子和紫罗兰才吃早饭。当积雪像芝加哥的摩天大楼一般高时,这件差事可不简单。现在倒还好,胡须先生和我已经踩出了一条通往谷仓的小径。可是,第一天刚到这里的时候,我至少花了一个小时才走到谷仓。

有时,我觉得蒙大拿的冬天简直就像《圣经》里的巨人,我就是拿石头丢他的大卫。我只希望自己也和大卫一样,可以获得最后的胜利!

每天帮紫罗兰挤过奶后,我必须清理谷仓。您或许

国际大奖小说

以为天气冷,谷仓里应该不会多臭。才不是呢。塞子完全没问题,只要喂它一些燕麦,放它出去遛遛,它就会自己找东西吃。感谢上帝,它真是一匹聪明的农场马。

非常感谢您送的工作靴子。我知道您担心靴子太大,可是穿上袜子,又用好几层报纸裹住脚后,靴子的大小刚刚好。如果不包报纸,等挨到春天时,我恐怕就没有脚趾了。

您的侄女

海蒂·伊尼斯·布鲁克斯

写完给郝特叔叔的信之后,我把写给查理的信又加上一段:

我在《狼点新闻》上读到这篇文章,不知道作者是谁。或许你和你的同伴读了,会会心一笑。"星期二没有肉吃,星期三没有麦子吃,每天我都越来越没劲儿,我的屋子没有暖气,我的床没有床单——我的床单去了基督教青年军。我的咖啡没有糖,每天我越来越没钱。我的袜子没有底,我的长裤没有裤裆。天啊,我多么痛恨德国皇帝!"

跟你们比起来,我们这些留在家乡的人所做的牺牲实在很小,我们试着用幽默面对一切。

Hattie Big Sky

没麦子、啥也没有的、你的同学好友

海蒂

把两封信分别放进信封后,我赶紧去做早上的例行工作。我把找得到的衣服全穿在身上,因为我非常清楚,只要走出这扇门就会变成冰棒。在爱荷华,滑润的双手和脸孔是我唯一可以炫耀的,以后却不可能了。即使旁氏冷霜也不能抹平龟裂的脸颊和鼻子,这是垦荒者的光荣标记。

胡须先生和我踩着雪前往谷仓。已经不止一次了,我怨声诅咒查斯特舅舅干吗把谷仓盖在离屋子这么远的地方。正忙着挣扎前进时,我听到圣诞节般的雪橇铃声。两匹灰马拉着一辆彩色雪橇从雪上滑过。

"你好吗?邻居!"公鸡吉姆大声跟我打招呼。

虽然我正在干活儿,却早已懂得蒙大拿习俗,我必须邀请他进来坐坐。"咖啡刚煮好。"我说。

公鸡吉姆跟他的马轻声说了些什么。马背上散发着蒸气,它们摇着头,在地上踏步。"我正要去维达镇,这次就不进去坐了。"

"你的马好漂亮。"我说,"颜色好特别。"

"没错。"他笑了,"我不肯把它们卖给绥夫特·马丁,把他气个半死。他非要骑这里最漂亮的马不可。"

听公鸡吉姆的口气,他似乎很高兴惹绥夫特·马丁生气。我还没见过那个人。听派瑞丽说,他和他妈——就是在汉森现金杂货店里买黄丝绸的那位太太——拥有这一带最大的牧场。他们的尖角牧场跟我的农场在东北边交界。

"你还应付得了这种天气吗?"他问。

"嗯,等冬天结束时,我会很高兴。"我回答,"这里的春天一定很美。"

他大笑了起来。"如果你喜欢泥巴的话,春天的确很美。如果你不在乎像地狱一样的酷热,夏天更棒。"

我的表情一定相当惊恐。公鸡吉姆露出微笑,闻闻空气,说:"昨天吹来的焚风会让天气暖和一些。"他似乎看到了我脸上的疑惑,又接着解释:"焚风,就是冬天偶尔会吹来的暖风。"

"焚风。"我必须记住这个名字,才能告诉郝特叔叔,也跟他说说公鸡吉姆。

"海蒂,你知道吗?查斯特和我有个约定。"

"哦?"我的心一沉。什么约定?我必须遵守这个约定吗?好不容易搬到这里,又买了那么多东西,我的存款已经少得可怜了。

公鸡吉姆从口袋里拿出一条大手帕,用惊人的力气擤鼻涕。他把手帕拿开的时候,我很惊讶他的鼻子居然

还在脸上。

"没错。他让我赢国际象棋,我帮他把信拿到维达镇上去寄。"

"我在艾柏卡先生那边已经跟你说过了,我不知道怎么下国际象棋。"我说。

"太好了,那就很容易教你怎么输棋。"他被自己的笑话逗得放声大笑,让我想到《圣诞夜》那首诗里提到的圣诞老公公。

"嗯,我倒是真的有信要寄……"

"快去拿来,我等你。"

我转身冲回屋里,连靴子也没脱就冲进去。拿了信、跑出屋门时,我几乎被查斯特舅舅留下来的绳索绊倒。

我把写给查理和郝特叔叔的信交给公鸡吉姆。

"啊哈!"他自以为聪明地点点头,"两个甜心。就是要这样,让他们猜不透。"

幸好我的脸颊早已被冻得红彤彤的,公鸡吉姆看不出来我脸红。"噢,他们不是甜心。"我说。

他再度放声大笑。"大家总是这么说!"他拉拉马背上的缰绳,"我很快就会过来教你下棋。"说完,他的马立刻奔跑了起来,还伴着阵阵欢乐铃声。

"真有意思的邻居,对不对?"我问胡须先生,它小声喵了一下算是回答。接着,我们赶紧跑进谷仓照顾塞子和紫罗兰。这座谷仓很小，只够这两只动物栖身，再加上几捆干草、一些零件和一把干草叉。我以前没养过牲畜。塞子既可靠又忠心耿耿，愿意原谅我所犯的每一个错误。我猜，它比我更懂得管理农场，却始终默不作声。每天放塞子出去吃草前，我都会给它一点儿马粮，它总是满意地嚼着。

紫罗兰这头牛的脾气则完全不同。塞子越善良，它越觉得自己有责任使坏。我只花一天就学乖了——永远不要背对它。它的尾巴打在我干裂的脸上，我就犹如被带有尖刺的铁丝网扫到。它最喜欢等到牛奶桶快满时，用后腿踢翻桶。

一天早上，它又耍这招老把戏。我威胁它："算你走运，你的肉太硬了，没办法煮牛肉汤。"我懊恼极了，用手打它的屁股，再把空了的桶摆好。如果它不是我唯一的乳牛，我第一天就会把它赶走。乐意得很！

"哎哟！"它的尾巴又甩到我脸上。它仿佛会读心术似的，知道我在想什么，故意惩罚我。我又打了它一顿，还说了一句从火车上学来的脏话。艾薇阿姨不在，不会被我的脏话吓昏。事实上，偶尔骂骂脏话，还真能让紧绷的神经松弛下来呢。

做完了谷仓里的杂务，我放塞子和紫罗兰出去遛遛。如同公鸡吉姆所说的，几天前才吹过焚风，草原暖和了起来。一小块、一小块的绿草从冰冻的土地上冒了出来,虽然不多,但是马和牛似乎都很高兴能换换口味。

我走回屋里。今天是星期一,是洗衣服的日子。昨天晚上,我把脏衣服泡在两个盆里。吃早餐前,我已经把水放在炉子上煮了起来,还打好一桶又一桶的水。水煮了一整个早上,就快煮开了。派瑞丽跟我说,这附近有两三个单身汉邻居,可能会付钱让我帮他们洗衣服。想来公鸡吉姆就是其中一个,但我不确定我是否想帮他洗衣服。

白衣服得在炉子上煮一会儿。我把热水倒进面包烤盘里,把洗衣板放进烤盘里架好,切一小块肥皂,开始搓了起来。搓,洗,拧干。搓,洗,拧干。等所有的衣服都洗干净时,我的手都洗破了,背也痛得要命。不过,我还是得把衣服挂起来,并且不得不戴上手套,才不会把手冻僵。可是这样一来,我反而变得笨手笨脚。

为了不让自己感到孤单,我一边工作,一边跟上帝说话,规则是——每次说话都要表示感恩,有时候还真难啊。我从盆里拿出衬裙。

"上帝啊,我要谢谢您送来焚风,谢谢您让我看到春天近了。"我蹲下去又拿了一个衣夹,把衬裙夹好,"我也很感激我的脏衣服不多。"我不禁想到,派瑞丽得洗五个人的衣服。"我真心感激自己不用洗尿布。"一想到洗尿布,我不禁打了个冷战。"您知道,我一直试着保持乐观,可是我必须跟您谈谈紫罗兰,它简直是魔鬼,不是牛。"

胡须先生在我脚边的雪地上跳来跳去,和一个从洗衣篮里掉出来的衣夹打架。刚搬来时,它一有机会就冲进屋里。现在,吃了一堆老鼠之后,它长胖了,毛也变厚了,大部分的时间都喜欢待在外头。

"来,胡须先生。"我伸手想抓抓它的耳朵。

"喵!"它躲开我,背弓了起来。

"怎么啦?"我问它。它蹲低身子,用一种奇怪的声音低吼,耳朵紧紧平贴在头上。

我看看四周,并未发现任何不对劲儿。"好了,好了,胡须先生。没事啦。"

胡须先生的吼声更大了。

"不要再叫了。"我从没见过它这副模样,"你让我全身起鸡皮疙瘩。"一串汗珠淌下了我的背。我继续说话,仿佛这样就可以让我们两个都镇定下来。"没事,没事。"我走过去想安抚它,这只猫却跳了起来,喉间嘶嘶作响,一溜烟儿躲到桌子底下去了。

"到底是怎么一回事?"我终于看到了——一只狼,安静地、偷偷地爬上山丘,也就是紫罗兰发现一小片新绿草地的地方。我的喉咙被恐惧扼得紧紧的。紫罗兰听不到我的喊声,就算它听得到,也不肯听话。

我用力踏着冰冻的土地。"喝!"我大喊一声,喉咙不再被恐惧勒紧,"滚开!滚!"

那只狼居然连眼睛也不眨。

"快跑,紫罗兰!跑啊,你这头笨牛!"我使尽全力大喊。恐惧一定让我无法思考了,我想都不想,立刻冲向那只狼。如果我看到自己的模样,大概也会被吓个半死——浑身上下穿得像个稻草人,像鬼一样乱吼乱叫。

这只狼的心里大概只想着一件事:晚餐。它看也不看我一眼,歪歪斜斜地伏低身子,抬高屁股,头低了下来。

紫罗兰正开心地吃着新鲜绿草,根本不知道自己有致命的危险。它又往前迈了一步,以便靠近另一片青草。

即使穿着郝特叔叔的靴子在雪地上奔跑,我还是跑得挺快的。现在,那只狼注意到我了。

"滚蛋!"我大叫。

紫罗兰伸出长舌头,发出一声:"哞——"

悄无声息的,那只狼突然扑上前攻击我的牛。

紫罗兰吓得叫了起来。这头牛转头看到狼牢牢地咬住它的尾巴,马上开始狂奔。以一头笨牛而言,它在雪地上跑得非常快。

"走开!"我摘下帽子,拍打大腿。

狼吓了一跳,赶紧放开紫罗兰的尾巴。

"紫罗兰,快跑!"我挥着手臂,犹如发狂的牛油搅拌器,"跑啊!"

狼恢复神志后,再次咬住紫罗兰的尾巴。我发疯似的寻找可以丢掷的东西。焚风在河谷里吹出一片光秃秃的石头地。我捡起一块最大的石头,朝那只狼丢去。

这只狼不知道,我跟爱荷华州法叶郡的最佳投手——查理——学过投球。其中一块石头打中了狼的后腿,另一块击中狼的颈背。没想到,狼还是不肯松口。它一定饿坏了,不停地扯着紫罗兰的尾巴。

我捡起最后一块石头,掷了出去。这次绝对得命中才行。

"呜!"狼尖叫了起来。它一转身,夹着尾巴就跑,嘴里还叼着紫罗兰的一大截尾巴。

等追到紫罗兰的时候,我几乎冻僵了。我抓住它脖子上的皮环,它像只迷路小牛似的叫个不停。紫罗兰的屁股后头只剩下一小截尾巴,整根尾巴就剩下这么一小段了。

"老天保佑,紫罗兰!"我的恐惧瞬时化成泪水,以及如释重负的笑声。

"艾薇阿姨说得对,上帝的安排总是神秘难料。"看样子,那只狼和我各有收获——它终于弄到一点儿吃的了;我呢,再也不用担心紫罗兰凶恶的尾巴。公平交易。

我捡起沾了烂泥的帽子,带紫罗兰回谷仓,并多给它一份粮草,好让它安静下来。我检查它那根断掉的尾巴,鲜血不停地渗出来。这个伤口得尽快处理,我却不知道该怎么办。我用干净的布紧紧绑住,似乎把血止住了。一想到刚才差点儿失去我的牛,我越想越害怕。

这下子必须找人帮忙才行。我吹口哨叫塞子回来,骑着它穿过雪地到派瑞丽家去。我还没去过,但我知道自己可以循着公鸡吉姆的雪橇痕迹,一路朝维达镇的方向走。塞子一定对这条路相当熟悉,它越走越快。

"进来,进来。"派瑞丽招呼我走进她温暖的家里——一栋真正的屋子,有两扇门、一间卧房和一间客厅。派瑞丽拿出两个白色马克杯。"我敢打赌,你的血一定冻僵了。"她示意我坐下,"咖啡可以治好一切。"

"连牛的尾巴也可以治好吗?"我接过杯子,温温我痛苦的双手,接着告诉她早上发生的事情。

派瑞丽听了,不禁大笑。"亲爱的,真可惜我错过了。"她的笑声渐渐温柔了起来,"如果查斯特知道了,一定非常高兴。紫罗兰终于遇到对手了。"

"我不知道该怎么处理伤口。"我说。

"卡尔应该知道,但他现在不在。"派瑞丽放下咖啡,"我爸爸总是说,蜘蛛网和黑糖混成的膏药最有用。可是天气这么冷,去哪里找蜘蛛网啊?面粉加黑糖应该也行。"

"卡尔怎么会在这种天气出门干活儿?"我打了个冷战,"等一下我去收衣服的时候,衣服大概都冻在晒衣绳上了。"

芬恩躺在苹果箱做成的小床上细声尖叫。派瑞丽走过去拍拍她的背,让她安静下来。

派瑞丽从架子上拿下一份报纸,递给我。"他不是出去工作。"

"外国敌人必须注册。"报纸的头条是这么写的。我开始读了起来。

美国司法院经由蒙大拿警方发布消息,要求所有十四岁以上男性德国后裔注意以下事项:1918年2月4日至9日早上六点到晚上八点之间必须报到。

除了九大城市之外,其余地区的德裔男性请到所属辖区的邮局注册报到。

我放下报纸。"这是怎么回事?"

派瑞丽端起咖啡杯,却不喝,只是把咖啡杯拿在手里转来转去。"卡尔现在正在维达邮局注册。"

"卡尔?外国敌人?"

"他生在德国。"

我再度看着报纸。"派瑞丽,政府这么做,一定有它的道理。"

她看着我。"为了什么道理要如此对待邻居?像卡尔这样的人?"

我回想郝特叔叔念过的那些可怕故事:饿死的比利时人、战争的残酷。

真是令人难以置信,可是那是德国佬干的啊!是那边的德国佬,不是这边的,不是我们认识的人!"我不知道。不过,如果没道理的话,就不会有这种规定啊。"我无助地伸出双手,"不是吗?"

砰!派瑞丽用力地放下咖啡杯。"我猜,我们应该感激他们不收注册费。"她揉了揉眼睛。"但是我们终究会付出代价的。绥夫特·马丁和他的防卫委员会,一定会要我们付出代价的。"

芬恩又开始吵了。"看看我做了什么好事。"派瑞丽把手放在我的手上,"亲爱的,真抱歉。有时候我真的很生气。这不是你的错。"

我把手放在她手上。"这才吓不了我呢。"我说,"比起艾薇阿姨,这算不了什么。"

这句话把派瑞丽逗笑了。"你该回去照顾你的牛了。"说着,她抱起小宝宝。

"我该走了。"我喝光杯子里的咖啡。

"你有足够的面粉做药膏吗?"派瑞丽摇着手中的小宝宝,"如果不够,我可以给你一些。"

我正忙着披围巾的手不禁停了下来。"我还有很多。"派瑞丽肯为我,为任何人做任何事情。卡尔也是如此。你要去哪里注册他们的善良?

"不会有事的。"希望她明白我指的是卡尔,而不是紫罗兰。

"但愿如此。"派瑞丽拍拍芬恩的背,摇摇头,"在面粉里加些糖,涂在尾巴上,用牛皮纸包住。绑好了,得等上一星期。"

"谢谢。"我拍拍她的背,就像她拍芬恩的背那样,接着拉紧披肩,动身离开。

坐在塞子背上颠簸前进时,我开始有种不祥的预感。先是水果派,现在又发生了这件事。是欧洲在打仗,不是这里啊。何必在乎谁是在哪里出生的呢?他住在哪里——或者说,他怎么过日子——才比较重要吧?我一直担心这些事情,就像胡须先生玩弄老鼠那般的全神贯注,完全没注意到回家这一路上的寒风有多刺骨。

第六章

你真正的愿望是什么?

1918年2月14日
蒙大拿州维达镇西北方三里处

亲爱的查理:

我猜,我在你的军队里也会表现得很好。不管温度计上的水银柱降得多低,我已经懂得该如何保暖了。派瑞丽说,上星期他们的温度计降到零下十八摄氏度。

我的邻居德非先生从狼溪里切出十八寸厚的冰块。我的农场(喔,我真爱这几个字)周围都是美丽的雪堆。有时候,我觉得自己仿佛置身仙境。

派瑞丽和孩子们前几天来过,却斯和麦蒂几乎换光了我所有的干净衣服。有堆雪刚好堆上了谷仓的屋顶,他们顺势爬上去,坐着桶从上面滑下来,一直玩个不停。等我们逼他们进屋时,他们的脚趾早已冻得发紫。麦蒂的脚趾又痛又痒。"你认为我冻伤了吗?"她用甜甜的、忧虑的声音问我。我让她把脚泡在温水里,预防冻伤。派瑞丽叫她"小喜鹊",这个绰号相当适合她。我们爆了些玉米花,我还朗读了一段《金银岛》。却斯的眼睛都亮了,你真该看看。

紫罗兰和我都很感激你教我投球。真希望你当时也在场。有一只饿狼要吃紫罗兰,幸好紫罗兰够顽强,而且我的投球技术够精准,因此每天早上还有鲜奶可喝。我所拥有的牛,是蒙大拿最可笑的无尾牛。或许有一天我可以介绍你们认识。

只剩九个月了,要做的事情却很多,可是我得等到春天才能动手。至于现在呢,我只能看着种子目录流口水,研究怎么筑篱笆,还有学下国际象棋。我还是赢不了公鸡吉姆。他人很怪,却很善良。他已经载我去维达镇两次了,那是离这里最近的小镇(简直就像针眼一样小)。等春天来时,从这里走三里远的路到维达镇是件相当愉快的事。我仔细读我拿到的每一份报纸。派瑞丽和吉姆会给我报纸。报纸上当然有很多新闻都跟战争有关。可恶的德国佬!可是,查理,派瑞丽说卡尔必须以外国敌人的身份注册,我觉得好奇怪。没错,他是在德国出生的,可是他是卡尔啊——不是杀婴儿的德国佬。如果你在这里,你可以解释给我听,就像你以前帮我解释文法一样。

真希望可以寄派瑞丽的水果派给你。如果她参加烘

焙比赛,甚至可以赢过蜜尔·包威呢。

你的老朋友
海蒂·伊尼斯·布鲁克斯

风声好大,像火车似的,把我的注意力从写给查理的信上移开。我躺在床上打战。"我可不想出门,你呢?"胡须先生听了,在被子里钻得更深了。不管天气如何,毕竟还是得干活儿。我跳下床,开始煮咖啡,同时望着火炉旁的维达银行月历。

"祝我们情人节快乐!"我一边煮沸咖啡,一边加牛奶,"不知道查理收到我寄的情人节卡片了没?"[①]蜜尔一定会寄非常华丽的卡片给他,所以我就在巴布·奈夫吉的小泥屋邮局里,找了一张最好笑的便宜卡片寄去。查理离家这么远,他最需要的应该就是好好儿笑一笑。

我从唯一的那扇窗望出去,天空是灰的,犹如一张灰色的拼布被。雪很大,几乎看不到谷仓。没办法,我还是得继续干活儿,我只好把外套拉得更紧,拖着脚步前往谷仓。我不想放塞子出去,可是我看过它聪明地扒开雪,找到埋在雪下的青草。我没有足够的粮草让它和紫罗兰吃上一整个冬天。我给了它一份分量特多的燕麦,

---

[①] 美国风俗。情人节卡片除了寄给情人,也可以寄给朋友、亲人和同学。

以弥补我的愧疚,接着打开谷仓门让它出去遛遛。我也喂了脾气暴躁的紫罗兰,并帮它挤奶、换水。

"放轻松。"我拍拍它那不断抽搐的肚子。这头牛一直不安地前后左右移动,哀伤地低着头。"怎么回事,丫头?"我决定翻翻查斯特舅舅留下来的那堆书,看看有没有一本是讲畜牧的。我好不容易才从狼的口中救出这头牛,可不希望它最后病死在我手上。

"哞——"它又在哀鸣了,褐色的大眼睛转个不停。它的尾巴愈合得很好,鼻子也好端端的,奶量也足。或许它根本没生病,但一定有什么事让它不安。

我提着牛奶桶走出谷仓时,立刻就明白了。原本就不小的风变得更大了,在我头上呼啸着,仿佛就快吸走我的肺。我简直无法呼吸。

"塞子!"我对着风试着喊出声来,大自然硬是把我的声音塞回喉咙里,另一股风还差点儿把我吹倒。塞子一定知道该怎么躲过这场风暴。我必须回到屋子里。

冰冷的雪打在我的头上和肩膀上。好几个星期以来,查斯特舅舅留下的那堆绳索一直堆在门边,我常常被它绊倒。我不打算理它,反正也没别的地方可放。现在我猜到它的用处了——如果风雪持续超过一天,我得想办法走到谷仓照顾紫罗兰。

我把桶放进屋里,抓起绳索。查斯特舅舅已经在门上钉了个大铁环。我曾经做梦般地想象:等春天来了,可以在铁环上插一束蜀葵。我把绳子绑在铁环上,打上结实的绳结,接着松开绳索,挣扎着回到谷仓。愤怒的狂风吹走了我每一口艰难的呼吸。我吓坏了,胸口发紧,但还是继续前进。我的眼睫毛结成了一根根小冰柱。我没办法闭上眼睛;它们冻僵了,闭也闭不上,但我几乎什么都看不见。冷风鞭打着我,比紫罗兰的尾巴还恐怖。我站在雪地里,试着把一只脚举到另一只脚前。

  一次一小步,我挣扎着朝谷仓前进,一路上不断祈祷:"上帝啊,我没办法一个人独立完成这件事。"可是没人可帮忙,只能靠自己。我吸了一口冰冷的空气。我不能失败,不能迷路,不能失去我的牛。这些想法驱使我踏出了最后几步。好不容易,我终于抵达了谷仓,奋力想喘过气来。我的脸冻裂了,可以尝到从脸颊流下来的鲜血。我尽量用披肩遮住脸,虽然遮蔽的作用不大,多少还是有点儿帮助。

  我的手戴着手套,因此变得相当笨拙,无法替延伸到谷仓这头的绳子打结。没想到,一脱掉手套,简直就像把手伸进冰河里,关节痛得让我跳了起来。

  "加油,加油。"我的手指头已经不属于我了。它们像是长在我肢体末端、没有生命的小木棍。"下面,转过去,拉紧。"几乎就要打好结了,一阵狂风却把我吹倒在地。

一次又一次的,我挣扎着站起来。感觉似乎过了好几个小时,我才把绳结打好。我的腿像破布,整个人沉重地靠在绳子上。左手,右手,再换左手。我把自己拖回了小屋。

屋前的台阶上蹲着一个小小的黑影。是胡须先生!我们几乎是一起跌进屋子里的,我喘着气,它喵喵叫个不停。薄弱的木墙和油纸根本不是狂风的对手,风从每个缝隙灌进来。我的眼睛渐渐暖了起来,并且开始流泪。即使火炉里已经多加了一把柴火,还是没什么用。我把一条宝贵的毯子钉在门上,继续往炉里添柴火。

查斯特舅舅的小木屋被风吹得吱吱作响、摇来晃去,它一定撑不下去。我又穿上一件毛衣。我绝不离开屋子,我绝不被迫离开!

有那么一下子,我听到了……什么声音?有个声音!狂风中传来了一个奇怪的声音,似乎是人声,听起来好像在呼喊我的名字。

我摇摇头,仔细地听。什么也没有,只有风声呼号。可是,又来了——听!是人的声音。小孩的声音!我拉开毯子,打开门往外看。

一开始,我什么也看不到,只看到漫天飞舞的冰雪。"哈啰?"我叫着,声音却被狂风吹走了。我再次用尽全力喊了一次:"哈啰!"

我又听到了。"海蒂,海蒂小姐!"接着,我看到的景象比任何狂风都更有力,足以把我击倒在地。一个大大的身影朝着小屋走来。塞子,亲爱的塞子!死命抓着它尾巴的是——真的是死命抓着不放——却斯和麦蒂。

我外套也没穿,抓着刚刚才绑好的绳子,想都不想就跑了出去。"这里,塞子。这里,孩子们。"我大喊,声音又粗又哑。似乎过了好久好久,塞子才踉跄地走近了些。我抱起麦蒂,要却斯抓住绳子。他低头顶着风雪前进,终于抓到了绳子。我们慢慢前进,一只手接着一只手地抓着绳子往小屋走去。塞子则躲到屋子后头避风。

我把麦蒂带进屋里,脱掉她身上冰冻的衣物。她的手冷得像冰块似的。

"怎么回事?"我无法掩饰声音里的恐惧。

却斯揉着发紫的双手,走近火炉。"我们在学校上课的时候,风雪就来了。尼尔逊老师叫我们回家。我以为我们到得了,没想到……"却斯的声音突然变得沙哑。

"你现在安全了。"我安慰他。谢谢,上帝,谢谢您让那匹好马带孩子们走出风雪。"你真是个英雄——你找到塞子,让它带你们来这里。"

却斯倒在地板上。他的肩膀因为哭泣而颤抖。我假装没看到,赶紧转身照顾麦蒂;却斯一定不想让我看见他的泪水。

"换你了,小小姐。"我用力擦拭麦蒂的双脚,"我看看有什么衣服可以让你穿。"她换上干衣服以后,看起来不像个六岁孩子,倒像个稻草人了。我把麦蒂换下来的衣服晾在火炉边烤干,她一直开心地跟自己的娃娃说着话。

"我们也得让却斯暖和起来。"我看看自己剩下的衣服,没有一件适合八岁的男孩。我拎起睡袍。

"我宁可冻死。"他说。

"你这么说,我不怪你。"查斯特舅舅留下来的衣服早已被我叠好,堆在屋子角落。对我来说,那些衣服太大了,我本来要用衬衫缝拼布被,用裤子做抹布,幸好还没开始动手。一个八岁男孩的尊严——和生命——都得靠这些男性绒布衬衫和毛料长裤拯救了。

这些衣服穿在却斯身上显得有些自命不凡,可是,根据我跟却斯相处的有限经验,八岁男孩本来就有点儿自命不凡。"完全合身。"我大声宣布。

两个孩子都换上了干爽的衣服,接下来得喂饱他们。"你们喝过咖啡牛奶吗?"

"妈妈不让我们喝咖啡。"麦蒂说,"你觉得她会担心我们吗?"

"她知道你们有多聪明。"我说,"你们一定会找到一个安全的地方躲避风雪。"这句话似乎让她放心了不少。

"去年收割的时候,她让我喝咖啡。"却斯炫耀地说。

我点点头。"嗯,小时候,我妈妈会煮咖啡牛奶给我喝。"我从桶里倒了一些牛奶出来,放在炉子上加热,"即使像你这种小小孩也可以喝,麦蒂。我想你妈妈不会在意的。"我从架子上取下三个杯子,"现在,你们要吃些什么配咖啡呢?"

"我们不需要任何东西。"却斯回答。

"我要吃。"麦蒂比较坦白,"慕丽也饿了。"

我立刻切了一些面包。"涂很多果酱的话,挺好吃的。"说着,我把盘子摆在两个孩子面前。烤面包一向不是我的强项。他俩二话不说,勇敢地吃了起来。派瑞丽把他们教得很好。

"嘿,你们玩过五百点吗?"

麦蒂摇头。"没有。"却斯说。

我拿出唯一的一副扑克牌,解释规则。"麦蒂和我一组。"我说,"却斯,你得小心了!"

我们玩得又快又猛。却斯居然一学就会,这个男孩对数字很有一套,他的记忆力更惊人!他记得每一张牌。

"你一定是班上杰出的学生。"我相当惊讶。

他耸耸肩。"还好啦。"

我捡牌、洗牌。一整个下午,我们都在玩五百点。"你们想玩其他游戏吗?"

"来玩许愿游戏。"麦蒂说,"我先开始。"她咬着嘴唇,说:"我希望有个瓷娃娃,就像莎拉·马丁的一样。"她拍拍慕丽乱七八糟的毛线头发。"这样子,慕丽才有朋友。"

"我希望每天都有肉桂面包可以吃。"却斯说着就笑了。

我坐在桶上往后靠。"嗯,我希望春天快点儿来,这样就可以开始种麦子了。"

却斯忽然变得精神抖擞。"你先种亚麻,再种麦子。卡尔说,大约4月底的时候种最好。"

"那不是愿望。"麦蒂责备我,"那是工作。"

"被你逮到了。"我可以想象,对六岁女孩而言,我的愿望多么令人失望。可是我必须种作物啊,这是垦荒的条件之一。这是我拥有自己产业的梦想的一部分。11月离现在只有几个月,时间正一分一秒地流逝。已经2月中旬了,我连一根篱笆都没竖好,也没翻动半寸土地。我只能在辛普森老师送我的书里读读这些事情。

"你可以许任何愿望。"却斯说,"没有任何规定。这是妈妈说的。"

"你妈妈真是聪明。"我又添了一铲珍贵的煤炭。

孩子们安静下来——太安静了,我可以听到煤炭燃烧的嗞嗞声。

麦蒂拍拍手,说:"我想要两个娃娃!"

"就是这种精神。那你呢,却斯?"

他的目光越过我的肩膀,望着我的书架。他站起来走了过去,轻抚其中几本书的书脊。"我希望住在一个到处都是书的地方。我想住在一座真正的城市里,那里有真正的图书馆。我可以在书上读到关于海盗、探险家,或是各种各样的事情。"他凝视着远方,我知道他看到自己正置身在那个美好的地方。

"希望你的愿望成真。"我告诉他,"麦蒂,你也是。"

"你真正的愿望是什么?"却斯走过来坐在桌边,用八岁孩子热切的眼睛搜索我的脸。

我摊开手,说:"嗯,我不知道啊。"要怎么跟两个孩子解释,我心里渴望的,正是他们所拥有的一切呢?也就是成为家庭的一分子,有个自己可以称为"家"的地方。不,最好还是什么都别说。我看看我的书。"却斯,选一本吧,我们来念故事。风雪好像不会变小,你们就在这里过夜吧。"

"我们从来没有离开家,在别的地方过夜。"麦蒂说。这个女孩的小脸暗了下来。她把腿缩在身下,在木箱上晃着身子,眼泪悄悄地滚下她的脸颊。她抱紧了手中的娃娃。

"好了,好了,不要哭。"我在自己的话里听到艾薇阿姨严厉的口气,心头不禁一紧,赶紧把声音放柔,说:"不然我就逼你再吃一片我烤的面包。"两个孩子都笑了。我伸手握住麦蒂的手,用力捏了三下,一、二、三。"这是秘密讯号。"我告诉她,"我妈妈教我的,将来你可以把它送给你妈妈。"

"这是什么意思?"麦蒂擦掉脸颊上的泪珠。

我脸红了,不好意思大声说出来。我弯腰在她耳边悄悄说:"意思是'我爱你'。"

麦蒂睁着褐色大眼睛,仔细地看了我一会儿。接着,她伸手捏我的手,一、二、三。我忍住自己的眼泪。

却斯找到了他想看的书。"尼尔逊老师准备在学校念史蒂文森的《金银岛》给我们听,所以我选这一本。"他举起《儿童诗集》,把他的苹果箱拉近火炉。

麦蒂站在我身旁。我打开书,她立刻靠了过来。

"妈妈念书的时候,都会让我坐在她身上。"她说。

"噢。"我顿时有些不知所措,"那么,你来坐这里吧。"说着,我拍拍自己的腿。麦蒂爬了上来,小小的身子靠着我。她闻起来都是咖啡、果酱和潮湿羊毛衫的味道。我开始念故事,她放松身子靠着我,我们融为一体,再也分不清哪个是她,哪个是我。

念完两首诗后,她睡着了。再念完两首,却斯也跟着开始打鼾。我把他们两个抱到床上,盖好被子,并准备上床跟他们挤在一起睡。麦蒂喊了一声:"妈妈!"可是并未醒来。我又帮她盖好被子。望着他俩,我心里充满惊奇。

我叹了口气,在床边蜷缩成一团,睡了十六年来最熟的一觉。

一阵马车铃声把我吵醒。两个暖呼呼的孩子在床上睡得横七竖八。我一时之间反应不过来。孩子?

"哈啰!"一个声音压过了铃声,"哈啰,海蒂小姐!"熟悉的低沉嗓音里,藏有某种尖锐的东西。卡尔的德国口音虽然浓重,却掩藏不住心里的恐惧。

我抓起外套,打开门。"他们很安全。"我喊着,"是塞子把他们带来这里的。"

卡尔让马停下来,滑下雪橇,试着稳住自己——仿佛他的腿无法支撑身体似的。我招呼他进屋。

"你冻僵了!"我赶忙去热些咖啡。

"卡尔!"麦蒂从我的床上跳起来,扑进他的怀里。

我看到他眼中闪着泪光。"我得警告你,卡尔。"我喋喋不休地说,"我把这两个孩子变成了玩牌高手,还让他们喝咖啡。"

卡尔重重地坐下,麦蒂还紧紧地黏在他怀里。

"这些冷空气害我不停地流鼻涕,流得比尼亚加拉瀑布的水还多。"我轻声地说。

他拿出一条红色大手帕擤鼻涕。"是啊,好冷。"他说。

我把咖啡摆在他面前。"我有一些面包和果酱。"

"感谢。"他点头,朝却斯伸出手臂。

"你最好先浸在咖啡里再吃。"却斯说,"这样面包会软一点儿。"

我不禁大笑。"你居然侮辱我的烘焙技术!"我假装扇却斯耳光,"不知感激的孩子。"他躲开了,站在卡尔身后对我微笑。

我不知道卡尔能不能了解我们在闹些什么,但是他的神情告诉我,他知道麦蒂和却斯跟我在一起很安全。"感谢。"他又说了一次。

"你看吧,他喜欢我的面包。"说着,我又多切了几块。我拿了几片培根肉到锅里煎。"你们离开前先吃点儿热的东西。你们的妈妈恐怕一直盯着窗户,等着你们回家,都快把窗户瞪破了。"

卡尔又拿了一片面包,他的手被冻得龟裂流血。他的脸颊上有一颗一颗的白点,那是冻疮。"脱掉靴子。"我命令着。他乖乖脱了。当我看到像粉笔一样白的脚趾时,不禁艰难地咽了咽口水。看样子,他一整晚都在外头寻找派瑞丽的孩子。我忍住自己的眼泪。

"把那个盆递给我。"我命令却斯,"冷指头需要泡温水。"我尽量保持轻松的口气,让孩子们保持忙碌,这样他们才不会瞥见卡尔的脚。

我把温水倒进盆里时,卡尔的脸皱成一团。我把碎布浸在温水里,再让卡尔敷在脸上。有些人说,用雪摩擦冻疮是最好的药方,可是我觉得还是让冻疮解冻比较好。

卡尔的脚趾和脸都转为紫色,我开始怀疑自己的判断。他的脚肿了起来,还冒出一堆水泡。即使在最可怕的水泡上涂了用小苏打做成的药膏,我还是不知道卡尔要怎么把脚套进靴子里。

我还没上好药,卡尔就急着离开。"派瑞丽一定……"他没把话说完,但我知道他想说什么。他想带两个孩子回家。我们把散在屋子各处、已经烘干的衣服收好。我帮孩子们穿好衣服,卡尔又喝了第二杯咖啡。

"真希望有时间烘干你的袜子。"我翻了翻查斯特留下来的东西,"这个,你一定得拿去。"如果他继续套上湿袜子和靴子,出去吹了冷风,对他的脚趾可不好。

卡尔穿上干袜子,再穿上靴子、戴上手套。他拍拍我的手,开口好像想说什么,却只是清了清喉咙。

麦蒂再度跳进他的怀里,他把她举起来靠到我身边。"啾!"这个六岁的小女孩用力亲了我一下,感觉湿漉漉的。我并未把脸颊上的口水擦掉。

"等一下!"我走到书架旁,把我们刚才念到一半的书交给却斯。"借你看。"我捏捏他的肩膀。

却斯小心地把书塞进大衣里。"我会好好儿照顾它的，我保证。"

"祝你们三个一路平安！"

他们冲进冷风里，跳上雪橇。我从唯一的那扇窗户看不到他们，但听得见铃声。我支起耳朵，听着远去的每一声铃响。

第七章

蛇球天

1918年3月5日

蒙大拿州维达镇西北方三里处

亲爱的查理：

美丽的雪开始融化了，到处是泥巴，这里仿佛变成了猪的天堂。今天早上，我正打算走去帮紫罗兰挤奶，走着走着，我的脚从靴子里滑了出来，靴子却卡在原地不动，想不到泥巴居然厚到这种地步。上个星期我就想开始种作物了，可是卡尔和公鸡吉姆都笑我。吉姆说："种子会淹死。"所以呢，我今天要练习怎么筑篱笆。

你的信——我在蒙大拿家里收到的第一封信——满纸都是洞，我还以为被虫子蛀了呢。检查信件的人真是认真！这使得你的信读起来像谜语似的。检查信件的人剪掉一些句子以后，你写在信纸反面的内容就更具挑战性了。我猜得出来，在新的驻扎地，你睡在战壕里，不

国际大奖小说

是睡在营帐里。看来,战壕也比营帐好不到哪里去,因为你还得穿着雨衣睡觉,免得晚上下雨被淋湿。

上次下国际象棋的时候(我输了),吉姆说了一堆战争的消息。他说联军把德军逼回了巴黎,可是"托斯卡尼亚号"却被炸沉,我的心跟着碎了。那些水手无人生还。我很庆幸你待在陆地上。我不是担心我们的英勇战士,就是担心这边发生的事。每天都有消息说某人被以叛乱罪起诉,好像什么都可以构成叛乱罪名。我还听说,那种模样很可笑的腊肠狗现在叫作"自由狗"①。还有比这更荒谬的吗?我们这里还有人主张不准说德语呢。吉姆说,对路德教会的萨兹牧师和他的会众来说,日子一定很难熬。"他干脆说希腊语算了。"他说,"他们根本听不懂英语。"吉姆说起话来,用词特别生动,我没办法在这里详实转述。可是我的想法跟他一样:我们的邻居用他们的母语赞美主有什么不对?

有时候,我真不知道该怎么想才好。

你迷惑的朋友

海蒂·伊尼斯·布鲁克斯

既然不能种作物,我就来进行另一项大工程——筑

---

① 因为腊肠狗的身形让人联想到德国香肠。

海蒂的天空

篱笆。这是正式拥有土地的条件之一,没有办法逃避。查斯特舅舅已经开始动手架篱笆,但没架几根。我只要走十步,就可以数完他架的篱笆。他倒是准备了不少材料,足够围出四百八十杆的篱笆。一个又冷又寂寞的晚上,我算算篱笆的长度——十六点五尺乘以四百八十杆,一共七千九百二十尺。我都快哭了,怪不得农夫要用"杆"来计算,这个数字比较小,比较容易面对。然而,不管我怎么计算,都感谢上帝:幸好所有的材料都已经买好了。它们整整齐齐地堆在谷仓后头,等着被人使用。我就是那个人。

"上帝啊,感谢查理的妈妈送我这副手套。"我开始进行每天与神的对话。艾薇阿姨若是看到我的穿着,大概会笑破了肚皮吧?我的样子真可笑:脚上套着郝特叔叔的靴子;身上穿着卡尔的补丁连身裤,裤脚还卷了起来;手上是厚重的帆布手套;头上戴的是我的草帽。我拿起一卷铁丝网、一把铁锤、一袋钉子,准备沿着山谷走到昨天完工的地方。我忙着在农场的东南角筑篱笆,这里正好紧邻卡尔和派瑞丽的土地。

我们常常忽视很多事情,例如:筑篱笆这件事看起来很简单,其实一点儿也不简单;除非我们亲自动手筑个一两尺,否则根本不会知道。光是在地上挖个洞,背就快断了。接着还得把柱子塞进洞里,再用泥土把柱子埋紧，让它竖得牢牢的，然后继续架第二根柱子。我花了一个星期用尖嘴锄和铲子挖洞。第一个晚上，我的手上全是水泡，痛得要命，连晚餐都舀不起来。第二天晚上，我敷了一大堆白膏药——是查斯特舅舅用鹿角精、山金车花、金缕梅、樟树树脂、鸡蛋和苹果醋做的。膏药虽臭，敷上去还真舒服。到了第三个晚上，我又饿又累，双手完全失去了知觉。

我想找一片石板让塞子拉材料。我在地上的石堆寻找适合的石板时，觉得自己仿佛"诺亚方舟"的诺亚。诺亚打算建一艘木船浮在水面上，我则打算建一艘石船"浮"在草原上。最后，我终于找到一片够平滑、够坚固、不会太重、塞子拉得动的石板。我看过卡尔用石船运送材料，才学会了这个好办法。若不这么做的话，等到把所有的柱子都运到边界，我恐怕已经九十岁了。

我把一堆材料放在石船上绑好，下令塞子前进，就出发了。前一天，我停在一棵很大的野樱桃树附近工作。今天，我打算在那些柱子上绑铁丝网；如果运气好的话，再架几根柱子。

塞子和我在泥地里奋战了好一阵子，终于走到围篱那头。

"怎么回事？"到了野樱桃树下，我放下工具，回头确认一下方位。是这个树丛没错。可是我的围篱已经不只这些了,还向前延伸了好长一段距离,大约有四十根柱子远。我走近点儿看,马上就看出哪些是我昨天的成果:我钉的钉子是歪的,铁丝网歪歪扭扭地钉在柱子上,看起来勉强过得去。

但是,过了野樱桃树之后,篱笆上的钉子却钉得都很整齐。我不禁想起很久以前妈妈说的故事。那是一个鞋匠的故事:他用最后一片皮革帮三个小精灵做衣服,从此以后,每天早上他都会在工作桌上看到一双漂亮的新鞋子。小精灵以这种方式报答鞋匠的善意。

我猜,帮我的不是小精灵,而是真正的人类。我从"篱笆精灵"完工的地方继续往下筑篱。我拉起铁丝网,用钉子钉住,拉了再钉、拉了再钉、拉了再钉……我再次想到在狼点听到的汉森先生和派瑞丽的对话;想到那些人非要把德国酸菜叫作"自由甘蓝菜",才吞得下去;想到服役中的查理,那么急着想杀一两个德国佬。我想到世界上所有的篱笆——有些把人们隔开,让他们彼此敌对,就像德国皇帝和他的爪牙;有些篱笆让人们更亲近,就像卡尔·慕勒帮我建的这一段篱笆。

"塞子。"我拍拍我的老马,"就像我在信上跟查理说的,这个世界像个谜,我真好奇自己什么时候才能搞懂。"

塞子唯一的回答就是走到旁边更绿的草地。

国际大奖小说

我尽量多筑些篱笆,到了中午才回家吃饭。胡须先生趴在空鸡笼上——我希望能很快邮购一些小鸡来养——认真地舔着爪子上的泥巴。

我朝着屋里走去,却立刻停下脚步。谷仓里有声音,但绝对不是牛的声音。我浑身起了鸡皮疙瘩。我无法想象有什么东西——或者是谁——在谷仓里。我举起榔头,慢慢靠近谷仓。还没想好对策,门就打开了。一个瘦瘦的女人走出来,看了我一眼。

"你打算好好儿敲我一榔头吗?"她往前走近一步,我这才注意到靠在墙边的长枪。

"您是……"

"莉菲·波尔威斯。"女人伸出一只很大的、只有四只手指的手,"过来拜访一下。"

"大部分的人会走进屋里拜访,而不是走进谷仓。"虽然她已经报上名字,可是我不认识这个女人,也不了解她。

她大笑了起来。"简直就是查斯特说话的口气。"

"我是他的外甥女。"我放下"武器","海蒂·布鲁克斯。"

"我知道。"她伸手到一捆干草后头,"帮个忙,好吗?"有个箱子靠在墙上,箱子用三条皮绳绑得牢牢的,中间的那条皮绳上,刻有查斯特舅舅的姓名缩写。

海蒂的天空

"这是查斯特舅舅的?"我的手指抚过老旧的皮革,在铜扣上停了下来。这个箱子里有我的过去吗?有我母亲的东西吗?

"他是那种很重视隐私的人。"莉菲说,"他病重的时候,要我把箱子拿回去。他不希望让别人在你之前先看了。"她坚毅的脸上闪过一丝期待。"他多希望亲自让你看看这个箱子啊。"莉菲拍拍箱子。

"他过世的时候,您也在。"我记起派瑞丽的话,"谢谢。"

"他也会为我们每一个人这么做的。"莉菲把手伸进她所穿的男衬衫口袋里,掏出一包烟草,开始卷烟。艾薇阿姨看了,一定会立刻昏倒,我却看得入神。

我抑制住自己对箱子的好奇,记起了该有的教养,赶紧问:"您要进来一起用餐吗?您的马需要喝水吗?"

莉菲的笑声随着口中的烟一起喷了出来,并且咳了起来。"我的腿就是马。"

"什么意思?"

她提起裙摆,给我看她那双结实的靴子。"我走路。这种鬼天气麻烦得很,往前走一步就得往后退两步。"她又大笑起来,"我应该倒着走,才走得到我想去的地方。"

我也笑了。莉菲的热情令人难以抗拒。"公鸡吉姆说,夏天比春天更糟糕!"我说。

"他说得对。"莉菲擦擦额头,"我宁可滑来滑去,也不想被烤焦。"她又指指自己,说:"虽然没有马,我倒是可以喝些水。"

"我可以很快就煮好咖啡。"我说,"如果您不在意豆子……"走出谷仓时,我们脚下的土地突然震动了起来。"发生什么事了?"我四下张望,终于明白了。

好几个人正骑着马冲过草原,大概有六个人吧。一头牛跑在他们前头,正全速往前冲。它冲来撞去的,被这些人马吓得半死。它转身冲过山谷,直直朝着我的小木屋跑来。

"不!"我大声尖叫,"小心!"

骑士们并未慢下来。现在我可看清楚了,总共有四个人。四匹马加上一头牛,正冲向我家。"停!停!"我朝着他们跑去。

这头疯牛的嘴角流下一丝又一丝的口水。它的眼睛往上翻,只看得到眼白。它应该看不到我。

"停!"我用尽全力大喊。其中一个骑士似乎笑了起来。他们仍然朝着我的屋子冲来,想把牛赶进我的屋子里!

砰!我身后响起一声爆炸声。我一转身就看到莉菲站在那里,她举起长枪又射出第二发子弹。砰!

领头的骑士停了下来。他把手举到空中,示意其他骑士也停下来。他们丢下那头牛,动作一致地调转马头离开。牛逐渐放慢脚步,跑过屋子才完全停脚,喘个不停。

我终于松了口气,这才发现自己刚刚根本不敢呼吸。"他们是谁?"我把多汗的手心在连身裤上擦着,"他们还会回来吗?"

莉菲眯起了眼睛。"只要他们哪根筋不对劲儿,就会再来。不过这应该不是冲着你来的。我劝你别惹他们。"她把枪递给我。

"我们最好让这可怜的家伙喝点儿水。"莉菲走过去,毫不畏惧地就抓住牛的皮颈环,牵着它走进谷仓。"紫罗兰,你有访客喽。"

我跟在她后头,拿着枪的手颤抖不已。"到底是怎么回事?"我倚在查斯特舅舅的箱子上。

她摇摇头。"我们这里最不需要的,就是绥夫特·马丁所带领的什么道森郡防卫委员会。"

"那不是个爱国组织吗?"我曾在报上读过,那是州长组织的委员会,"鼓励大家遵守食物配给、购买自由债券等这类的事。"

"据我所知,不过就是一群大男人找个借口玩些小男孩的把戏。"她哼了一声,"你倒是说说看,把一个好人的牛逼到死,算是什么爱国行为?"她拍拍牛背强调自己的话,牛吓了一跳,接着又转头继续吃草。"这场战争让人忘了该如何善待邻居。"

"这是谁的牛?"

"这样说吧,我正要去牧羊场探望爱丽·华特森,我会顺路把牛牵回派瑞丽的农场。"

一听到派瑞丽的名字,我的胃不禁一阵痉挛。"我不懂,他们为什么要这样?卡尔和派瑞丽是好人啊。"我那一大排坚固的篱笆就是证明。

"这场战争给了他们各种借口。"她用一张旧毛毯擦干牛的身体,"干吗管谁在哪里出生?他们现在住在这里,他们怎么过日子才重要吧。"莉菲把毯子丢到一旁,走到我身边。"噢,别理我,我像只暴躁的老母鸡似的,聒噪个不停。"她在我手臂上用力拍了一下,"我得走了。"

我递给她一条绳子,她把绳子绑在牛的脖子上。

她再度看着我。"你这儿有枪吗?"

"没有。"我突然想到那只狼,"我从没开过枪。"

"不一定非得用枪才可以吓人。"她说。我还没来得及回答,她已经穿过院子,和牛一路踩着泥泞往牧羊场走去,途中会经过慕勒家。

莉菲离开后,我才发现她始终没有喝水,也没有喝咖啡或吃豆子。希望华特森会给她东西吃。我走回谷仓,膝盖还因为刚刚的赶牛事件而颤抖不已。我跪在箱子前,用手指抚摸皮带。查斯特舅舅想让我看什么呢?我会找到什么东西,因而了解他神秘的生活吗?我打开左边的皮绳,再打开右边的皮绳,慢慢掀开盖子。箱盖既结实又厚重,结实到几乎可以保守任何秘密。

箱子里的东西堆得整整齐齐的,不像屋子里那么脏乱。羊毛袜和长裤之间塞了些纪念品:马戏团票根、跳舞券、明信片和几张照片。我仔细看每张照片里的每张脸,没看到半个认识的人。我推开一摞书,往更里处翻,发现一个包着牛皮纸、绑着白棉布条的小包裹,包裹里是一些相当女孩子气的布料。看来像是有人打算缝一条拼布被,已经起了个头儿。到底是谁的被子?布料的颜色很明亮,有些布料是新的,还没洗过。这就是查斯特舅舅哀伤的原因吗?年轻爱人开始缝制拼布被,却发生了悲剧,她因此永远无法完成?我跌坐在自己的脚跟上。

整个箱子里,没有任何东西是会让查斯特舅舅要求莉菲拿走,不要让别人看到的。没有任何关于他的"混蛋"人生的东西。没有——我忍不住期待着——我父母的照片。我把东西放回箱子里,盖上盖子,重新绑好绳子。

今天就像查斯特舅舅的一生一样神秘,让我不禁想到查理一直想教我的一种投球方法。他把它称为"蛇球",打击者无法预测球路;有时候,连投手本人也无法预测球路。

今天绝对是一个"蛇球天"。卡尔帮我筑篱笆、遇到莉菲、知道舅舅有个箱子、防卫委员会、疯狂赶牛,我完全无法预测今天还会发生什么事。

我强迫自己站起身来。恢复镇定后,胃随即开始抱怨。等一下再探讨人生的秘密,现在我得先吃点儿东西。

莉菲来访后的隔天,我在麦田里捡石头,已经捡了三分之一的地。当我跟邻居问起农场上蜿蜒的石墙时,派瑞丽引述《圣经》上的话说:"你记得种田人的寓言吗?"她逗我说:"寓言上说,种在石头地上的种子都死掉了。"接着,她抓起一把土,又说:"亲爱的,种东西前,你必须把石头捡开,否则什么也长不出来。"

我只好虐待自己的背和手,继续捡石头筑石墙。胡须先生追着被我挖出来的小蛇,其中一条小蛇蜷起身子,攻击胡须先生。这只老猫吓得跳起来,足足跳了四尺高。我放声大笑。"如果石头和蛇可以卖个好价钱的话……"我跟胡须先生说,"我就可以买下整个道森郡了。"胡须先生给我的回应,就是去追一只正忙着找虫子吃的双胸斑沙鸟。

我站起身,重新绑好帽子。有人骑马朝我这儿来了。

"你好,小姐。"骑士直挺挺地坐在马鞍上,"我们是邻居,却还没碰过面呢。"说完,他立刻下马,伸出右手。

我越过田地，跟他握手。"我是海蒂·布鲁克斯。"

"我是绥夫特·马丁。"

我吓了一跳。不管莉菲说了他或防卫委员会什么坏话，这么帅的人不可能是坏人啊。

"真可惜我们居然到现在才见面。"他的微笑很迷人，长相更是好看。他大概不超过二十岁。

"我以为星期天才是登门拜访的好日子。"我把头上的帽子往后推。

他又微笑了，这次连眼睛都在笑。"嗯，我去公鸡吉姆那里跟他谈一匹马的事。"

我记起来了，公鸡吉姆说过，绥夫特·马丁想买他的马。"买不到吗？"我猜。

他的眼神变得有些不一样。"还没买到。"

我感到一股寒意。英俊，就只是英俊罢了——艾薇阿姨总是这么说。此刻，这句话像是专为绥夫特·马丁量身打造的。我弯身继续干活儿。"马丁先生，请原谅我，太阳下山前我还有地要清呢。"我挥手指着这片石头地。

"真是佩服。"他从口袋里掏出一个小烟袋，开始卷烟，"这是很辛苦的工作，也很寂寞。"

我弯下身正准备捡另一块石头，忽然停手。他的话引起我的注意。听他说话的口气，似乎非常明白什么叫作寂寞、什么是孤独。"我已经习惯辛苦工作了。"我说。

咚咚咚,我又清了三块石头。

他默默走到我身边,开始清石头。咚咚咚。"你不需要这样。"我说。他含着烟说:"只是想当个好邻居。"咚咚咚。

我相当困惑。根据我所听到的,跟绥夫特·马丁相比,魔鬼都更像天使呢。哪种魔鬼会帮别人捡石头?不合理嘛。我们一起工作了大约一个小时,太阳下山了。绥夫特用手背擦擦额头,说:"我该走了。"

我把手上的泥土刷干净。"你人真好。"

"邻居应该互相帮忙。"他说,"对不对?"

"推己及人。"我说。

他对我点点头,上了马。

"麻烦,我们走吧。"他和马一起转了个身,"很高兴认识你,布鲁克斯小姐。"他骑着马走了。胡须先生从我身后走了过来,摩挲着我的腿。

"麻烦……"我若有所思地说,并弯下身子搔搔胡须先生的耳后,"我觉得这更像是绥夫特·马丁的名字呢。"

那天晚上,屋里的四面墙令人感到窒息。我把书拿到前廊去读,才读了几页,就把书放下。绥夫特帮我做事,让我想到那个夏天查理跟我一起漆了半个阿灵顿的篱笆。我们两个一起油漆,不像在工作,倒像在玩。

我往后靠在粗糙的墙上,研究蒙大拿的天空。

我知道爱荷华的天空是同一片天空——查理在法国看到的也是同一片天空——可是,我不觉得其他地方的天空会像蒙大拿这里一样。没有树,也没有山,天空低低的。不,天空一直往上升,又平又远,就像天堂的拼布被,还镶了个看不见的框。在爱荷华,我花很多时间研究云和星星。有时候,我躺在艾薇阿姨和郝特叔叔家的后院,觉得自己仿佛只要伸出手臂,就可以伸进天堂边缘,抓住一把星星。

即使是想象中最巨大的巨人,也无法用他的手指碰触蒙大拿的天空。在维达的草原上望着天空,我似乎成了被自己双脚踩得嘎吱作响的多刺沙梨草,在维达农场上显得既渺小且不重要。

我寂寞吗?怎么可能?麦蒂和却斯几乎每天放学后都会顺道来我这里;公鸡吉姆也常来,因此走出了一条小径。在查斯特舅舅的大字典里,有没有哪个词汇可以形容我的感觉呢?孤独?荒凉?凄凉?

我这么告诉胡须先生:"就是一种没人要的感觉。"它挤到我怀里,呼噜呼噜地叫着。我摸摸它的头。"我不是说你不好。"我说,"可是有人做伴就是不一样。"

胡须先生翻过身去,要我摸它肚子。它只在乎有个温暖的窝,有东西吃,有人偶尔摸摸它。或许我该跟它学学,不要再自怨自艾,应该好好儿想想11月,到时我就得走进艾柏卡先生的办公室里。

我闭上眼睛,想象秋天时的草原景致。派瑞丽说,到时草原就像海洋似的,到处都是蓝色的花,还有金黄的麦子。我甚至看到篱笆——完完整整的——把我的农场围了起来。

"能当个地主真是不错,对不对?"胡须先生拍打着我的手,它觉得我摸够了。我也自怨自艾够了。在这里,在广阔的天空下,像我这样一个人——四处为家的海蒂——可以辛勤工作,挣到自己的土地。找到归属,不就是我最深的愿望吗?

一阵温暖像被子似的把我裹住。我悄悄祷告谢恩,走进屋里,关了灯爬上床。

第八章

爱德国佬的家伙

3月中旬

蒙大拿州维达镇西北方三里处

亲爱的查理：

胡须先生问候你。你可能认不出它来了，它满肚子都是老鼠，还有其他天晓得是什么东西。它还是不怎么喜欢却斯，可是会跟麦蒂亲昵地腻在一起。有一天，麦蒂甚至把慕丽的帽子戴在它头上！那个小女孩可以说服任何人做任何事。

你现在成了装配飞机的技师，好棒啊！小心螺旋桨哟！

你听过日光节约时间吗？复活节那天即将开始，听起来好奇怪。威尔逊总统说，这样可以省下几百万吨的煤炭，可以帮忙打赢战争。一想到你窝在漏水的战壕里，还有你和同伴所做的牺牲，这样一点儿小小的改变似乎就不算什么了。

我终于搞懂你在信纸角落画的星星是什么了。每个星星都是令人伤心的记录。我想到每个母亲在服役旗上绣上金色星星,代表儿子所作的最高牺牲时,就忍不住落泪。

我每天晚上都祈祷战争结束。每个士兵——包括法叶郡的最佳投手——能安全健康地返家。

你忧心忡忡的朋友

海蒂

艾薇阿姨的厨房墙上挂了一面十字绣:"星期一,洗衣服。星期二,熨衣服。星期三,缝补衣服。星期四,上市场。星期五,收拾屋子。星期六,烘焙。星期天,休息。"今天是星期二,两把旧熨斗都在炉子上热着,我拿一条干净毯子铺在厨房桌上。床单最难烫了,我就从床单开始烫。当手中的熨斗凉了时,我立刻把它摆回炉子上,换另一把熨斗,并且先在旧面粉袋上擦一擦,把灰清干净。我正打算将内衣、内裤拿出来烫时,院子里响起一阵马蹄声。

"哈啰!"门外传来一个男人的声音,"布鲁克斯小姐!"

我从开着的门往外看。是绥夫特!有那么一会儿,我真希望自己那天早上穿的是裙子,而不是查斯特的旧连身裤。

"早安,女士。"马儿身上都是闪亮的汗水,"是否可以让麻烦喝点儿水?"

我点点头。"骑了很远?"

"可以这么说。"他滑下马,马刺发出一阵叮当声。

"要进来喝杯咖啡吗?"我指着屋子,"吃点儿面包?跟派瑞丽的面包没的比,不过死不了的。"

绥夫特笑了。"听起来像是我的烹饪技术。"他拴好马,让马喝水,然后走进屋子里。

"你要不要坐……"我不再往下说。就在那里,整个世界都看得到——包括绥夫特·马丁——我的内衣、内裤。我一把抓起它们,丢进一旁的空桶里。

"你把屋子整理得很舒服。"他说着,眼睛里闪过一丝异样的光芒。他看见了。噢,上帝,艾薇阿姨会怎么想?

我指着苹果箱,说:"这把椅子特别舒服。"接着赶紧把桶掀过来,不让他看见里头的东西,并且端出点心。

绥夫特在面包上涂了查斯特舅舅的野牛莓果酱,配着两杯咖啡吃了几片。"谢谢。"他推开杯盘,"吃饱了。"还摇摇穿着靴子的左脚,说:"一直沉到这儿啦。"

"我正试着改进,让面包松软一点儿。"我说。

他微笑了。"天气这么潮湿,面包很难发得好。或许,下次可以用海绵压住火炉上的水孔。我妈妈总这样做。"

"噢,马丁先生,你比《家庭月刊》还管用。"我把咖啡喝完。

"说到我妈妈,她让我邀请你在复活节那天一起上教堂。礼拜之后会举行众餐,还有编织众会。她们帮红十字会绣东西。"他站起身,脸颊红彤彤的,不知是受了风寒还是别的什么原因,"我很乐意过来接你。"

"嗯,谢谢。可是我不知道……我是说,如果到时候我没有忙着播种,或许会去。不过我会自己去。"我不知道在这里跟男人一起上教堂意味着什么;在家乡,只有情侣才会一起上教堂。

"那就随便你喽。"他戴上帽子,一边调整帽檐儿,一边看着我。望着他的眼神,我几乎要后悔刚刚拒绝他了。"嗯,我差点儿忘记了,今天早上去巴布·奈夫吉的店里时,他说有你的信。我帮你带过来了。"他把手伸进衬衫口袋,拿出一小沓信。

"你真好。"

"这没什么。"他耸耸肩,穿上外套,"我喜欢这里的风景。"

这下子轮到我脸红了。

他点点头,踏出屋门,我看着他骑马离开。我用他带来的这沓信扇风,奇怪,屋子里怎么变得这么热?我摇摇头，打开小包裹，里头有两封信和一份《狼点新闻》。第一封信是郝特叔叔写的，信后有句话让我看了高兴得不得了：我非常喜欢读你上次寄来的信。

第二封信是查理寄的，从阿灵顿转来的，上头的邮戳已经好几个月了。信封又脏又皱，背面盖满了检查章。

1918年2月10日

亲爱的海蒂：

你知道我不喜欢抱怨，可是我在法国待三个月了，却没接到任何一封你的信。你不再挂念老朋友查理了吗？希望不是。

好啦，我还没打赢战争。请再给我几天！直到目前为止，我们总是不断地练习、练习、练习，还得努力不要生病。我的室友现在就躺在医院里，痢疾。我们怕还没上战场，就被送进医院。

你若是看到你的老朋友穿上制服有多帅，一定会昏倒。昨天，一个红十字会护士帮我拍照片。如果洗出来了，我会寄一张给你。

我不能跟你说我驻扎的地点——检查信件的人会把信剪得都是洞，就像乳酪一样——但是我希望有一天能再次回到这里。这里的建筑有好几百年历史了，食物比我老妈做的还好吃。不许跟我妈说哟,我还喝了些法国酒,喝起来非常爽口。

今天练习丢手榴弹。对于法叶郡最佳投手而言,一点困难也没有。我忍不住想到教你投球的那一天。记得你打到了老公鸡杰克吗?之后你就投得比较好了,可怜的杰克却再也无法完全复原了。

猜猜发生了什么事?他们征召自愿者去学当飞机技师,我当然第一个报名喽。

这份工作很适合我,上士说我学得非常快。

别忘了你的老朋友。偶尔给我写几句嘛。

查理

邮件往返真令人失望。自从搬到蒙大拿以来,我已经寄给查理五封信了,但是要等好久才能寄到他手中,我们的信显然都错开了。不过,不管查理什么时候收到信,只要读到我的"野狼故事",他一定会咯咯笑个不停。真妙,我们两个都得靠棒球技术求生。我把他的信重读一遍,又倒了一杯咖啡,开始逐字逐句地读报纸,等待会儿再来熨衣服。根据报纸头条,英军对斯图加特展开白昼攻击,又有一艘医护军舰被击中,不过并未击沉。没有法国那边的战况消息。艾薇阿姨会说:没消息就是好消息。可是我浏览第二页时,胃还是绷得紧紧的。没什么别的重要消息了,就只有类似亨利·汉的灰马又跑掉了的这类新闻,以及冰河戏院正在放映什么电影。自从查理从军之后,我还没看过电影呢。

以前的海蒂会一直研究电影广告,但是新的海蒂不会。我马上翻到市场新闻,知道亚麻一桶值3.66元,一桶麦子在芝加哥市场可以卖到2.20元。我在报纸边缘写了一些数字。查斯特舅舅种了二十亩亚麻,一共收成八十桶。我一定也可以做到。八乘六……总共292.80元。如同郝特叔叔说的,这个数字相当勉强,可是不会有赤字。如果我种二十亩亚麻、二十亩大麦,就会有四十亩作物了。不知道我的麦子会有多少收成,这也得问问卡尔。我揉揉眼睛,怪不得农夫都是一副郁郁寡欢的模样。

我合上报纸。报纸背面的广告写着:机会,酢浆草餐厅正在征"有经验的中国厨子"。我资格不符。史密斯旅馆正准备开张:"征求有经验的清洁工。"我叹了口气。当初之所以会离开爱荷华,就是不想帮伊安娜·威尔斯工作。但是,为了拥有这块土地,我可能还是得去史密斯旅馆应征。大家都这么做——一边照顾农场,一边帮别人工作。我完全不知道他们哪来的时间。葛利先生的妹妹克莱莉丝在粉溪小学教书。教会的维恩·罗宾在奈夫吉的店里帮忙。莉菲还跟我提过,一个英国来的年轻人巡回各城镇帮人照相赚钱,他的农场就在布克威。

我不会教书,奈夫吉的店里也不缺人。我可没有照相机。看来,我的前途黯淡。

"上帝啊,该是显示您神秘安排的时候啦。"我大声地说,把胡须先生吓醒了。就算是收成很好,我也无法自己一个人收割四十亩的农作物啊。公鸡吉姆跟我说,大部分的人会雇用维恩·罗宾或葛利先生帮忙收割,他们有收割机和碾谷机。我还没问他费用多少,下次见到他一定要问。一堆钞票在我眼前晃来晃去。

我喝下最后一滴咖啡,站起身继续熨衣服。不管钱够不够用,我都会成功——我会拥有查斯特舅舅的农场,我必须做到。

生活渐渐有了小小的规律。却斯和麦蒂天天走路去学校,在我屋旁走出了一条小径。有时候,他们只是对我挥挥手;有时候,他们会停下来,和我天南地北地聊起来。却斯将来一定会有所成就,这一点我相当确定。他有很多想法,连成人都望尘莫及。这孩子才八岁而已呀!他把叫小鹿的那头牛训练得很好。一听到他的口哨声,它就像只猎犬似的跑过来。上个星期,他做了一个复杂的捕兽夹,逮到了一只草原野狗。"我要把野狗拴在这辆有轮子的小车上。"他又向我展示另一套惊人的装备,"把这个放进桶里,然后……"他用手转动着,"呼啦!木柴自动掉进火炉里了,干净利落的。"他终于成功地把野狗拴

在车子上,可是其他部分的发明并不像却斯想象得那么成功。但他就是不放弃。

还有,阅读!他简直对阅读如饥似渴。

却斯喜欢文字,麦蒂喜欢说话。她跟谁都聊得来。从她和慕丽口中,我知道维达镇发生了哪些事;即使我跟那些住在镇旁的居民一样——家里装了部电话,也不需要听大家讲东讲西的。麦蒂会告诉我当地所有的新闻,至少是六岁小女孩会感兴趣的新闻。

天很冷,最近才下过雨,相当潮湿。这时适合在麦田里捡石头。这里没有树木,却不缺石头。我简直可以盖中国的万里长城了。我很确定,总有一天,即使上了天堂,我还会在那里继续捡石头。

太阳目前的方位提醒我:两个小身影应该随时都会出现。我做了些派瑞丽称之为"酸指头饼干"的甜点;如果指头酸得无法揉面,就可以抓一团面团直接去烤。我在饼干上头撒了肉桂和糖粉。到时,这两个孩子边吃边走回家,就不会觉得路途遥远了。

我把石头摞成一堆,等着却斯和麦蒂经过,同时在心里想着我要写给郝特叔叔的信。我好想跟他描述草原的气味。焚风过后,草原上飘着春天的甜蜜气息,以及温暖的鼠尾草香味,闻起来有如烤牛排的香气。我觉得自己需要发明一堆新字母,才能借用新词汇描述这里的各种气味。我已经学会了,清扫谷仓的时候不要深呼吸……然而,其他气味大都很好闻,非常美妙,充满了希望——如果可以这样形容气味的话。

我专心想着字句,几乎忘了我的两个小朋友。

"哎哟。"我站起身,才发现自己已经蹲了好几个小时,从脚趾到屁股都酸痛不已。我的目光扫过地平线。噢,他们在那里。我挥手,开心地大喊:"刚出炉的饼干哟!"

但是他们并未走过来。事实上,他们正在奔跑——跌跌撞撞地跑。大身影拉着小身影,沿着河岸奔跑。

"麦蒂!却斯!"我又喊了一次。我一直蹲在田里,他们可能没看见我。接着,我发现他们后头有三个人,情况似乎不妙。

"孩子们!"我大喊,并提起裙子,抄小路跑去跟他们会合。我费了点儿劲儿,他们的腿虽短,但是跑得很拼命。

我气喘吁吁地冲下溪谷,发现自己正好夹在却斯和麦蒂以及三个追逐他们的顽童之间。"哎哟!"一块石头击中我的肩膀,"怎么回事?"

那三个顽童停下脚步,手上抓着石头,手臂往后举。没人回答。

我揉揉肩膀。我的出现让双方人数变得相当。看得出来,他们也正在思考这件事情。

"年轻人。"我对着个子最高的孩子说话,他看起来像是带头的,"我问你,这是怎么回事?"

他瞪着我,不肯让步。

我慢慢弯下身,捡起击中我的那块石头。另外两个男孩放下了手臂。

"我们只是在玩。"带头的男孩说。

"对别人丢石头可不是游戏。"我朝却斯和麦蒂挪近一步,"那是懦夫的行为。"高个子往前一步。我挺直了肩膀。

"你们住在哪里?"我转着手里的石头,像是要掷骰子似的。

没有人回答。

高个子的脸看起来相当眼熟。"你是马丁家的孩子,对不对?"

"没必要告诉你。"

"是没必要。不过,等我星期天上教堂见到你妈妈的时候……"我说,"她会很想知道我们已经见过面了。"

"你干吗多管闲事?"他的口气稍微缓和了些,"你也爱德国佬吗?"

听到他用孩子气的声音这么说,真是让人难过。"我是这两个孩子的朋友。"我把玩着手中的石块,丢上丢下的。但是,我的话显然对他没用,该是改变策略的时候了。

国际大奖小说

我搜寻可以丢掷的目标,远处有棵李子树很适合。我用力一丢,石头砰地击中了树干。

"我得回家了。"其中一个小个子往后退了一步,"如果太晚挤奶,老爸会剥了我的皮。"他和他的伙伴松开握着石头的手。"来吧,隆恩。"他们催着高个子。

隆恩又叛逆地瞪了我一眼。"爱德国佬的家伙!"他吐了口口水。

我看着他。"随你怎么说。"我又弯身捡起一块石头。三个男孩假装不在意地转了个身,冲下河岸,顿时跑得不见人影。

"到底怎么回事?"我问。

却斯摇着头,开始往前走。

"他们拿走卡尔的书。"麦蒂说。她温柔的灰色眼睛看起来好哀伤,真是令人心痛。

"却斯!"我跑了几步,抓住他瘦巴巴的手臂,让他转身面对我。"噢!"却斯的颧骨有一抹长长的、已经干了的血迹,鼻子下头也流着血。他的脸上都是伤,右眼被打得淤青。"好了。"我用颤抖的手抓起围裙衣角,试着帮他擦拭。他站在那里忍耐了一会儿,就赶紧跳开。

"我再也不要回去上学了。"他咬牙切齿地说,"即使是妈妈也没办法逼我去。"他擦擦鼻子,脸上因此又多了一条血迹。

海蒂的天空

"至少进屋里来洗一洗。"我不想让派瑞丽看到他这副模样。

他犹豫了一会儿。"好吧。"

爬下河岸时,我逼他告诉我发生了什么事。麦蒂和慕丽也帮却斯补充漏掉的细节。

"是卡尔他妈妈的书。"却斯一边走上门前的台阶,一边说,"书里写的是古老的神话故事。"

"隆恩把它丢到……"麦蒂捏住鼻子,也遮住娃娃的鼻子,"厕所里。"

我从炉子上舀了些温水倒进搪瓷盆子里,再泡条旧布,拧干后交给却斯。他轻轻擦着脸。

"为什么?"我问。

"他们说,法律规定不可以有德文书。"却斯的声音很小,我几乎听不见。

我接过他手中的破布,一泡水,水立刻变成粉红色。"老师怎么说?"

却斯摇摇头。

麦蒂摇着慕丽告诉我:"慕丽生却斯的气,因为却斯不肯告状。"

"你没有告诉尼尔逊老师?"

我在却斯脸上涂膏药,他眨着眼睛说:"我能对付隆恩。"

我停下来,研究着他的脸。"我看得出来。"

"一点儿也不好笑。"他立刻跳开。

我的手掉在膝盖上。"说得对。我原本想逗逗你,但这种事可不能拿来乱开玩笑。"

"慕丽说饼干好好儿闻。"麦蒂说。一听见这句暗示,我赶紧用手帕将饼干包好,让他们带回家。

"一切都会没事的。"他们离开时,我拍了拍却斯的肩膀,"他们不会再欺负你们了。如果他们欺负你,记得要告诉尼尔逊老师。"

"没必要。"却斯抓起麦蒂的手,拉着她快步离开,"我再也不去上学了。"

我看着他们爬上河岸山坡,朝慕勒家走去。原本想写给郝特叔叔的字句,又被我收回心底。我深深吸了口气,可是空气并不甜美,也不再那么充满希望。空气里多出了一种新的味道,让我的喉咙紧缩,让我的心疼痛。难道这就是不信任和恐惧的气息?

我弯腰捡起工作手套。不管世界变得如何,我的农田里都有石头要捡。我开始继续工作。

第九章

战壕创伤综合征

1918年3月30日
蒙大拿州维达镇西北方三里处

亲爱的郝特叔叔：

艾薇阿姨不用再帮我的灵魂祈祷了，我明天会首次参加维达镇的复活节礼拜。礼拜过后，我会留下来参加女士们的编织众会，她知道了一定很高兴。至于真的要编织东西——我的心很愿意，手指头却不肯合作，但起码可以卷卷毛线球。

绥夫特·马丁是我的邻居，他说要带我上教堂，我拒绝了。他家的牧场是这附近最大的，并且由他负责。他长得很帅，曾经过来帮我在农场上捡了两次石头，这样就足以让人脸红心跳了。可是我的心早已名花有主——我的三百二十亩地。或许等到11月，等到我真正拥有这片土地之后，我可以想想交男朋友的事情。

国际大奖小说

我读完了《康宝1907年土壤农业手册》，现在正在读公鸡吉姆的养鸡杂志，这样一来，等我买了小鸡才知道该怎么养。我读的书和以往相当不同。才三个月，穿着连身裤和大布鞋的我看起来就像个农夫。很快，我也会成为一个好农夫的。

复活节前的星期六，我花了一番工夫打扫。我先洗早餐餐具，再刷地板。我用刷地的水清洗前廊阶梯，并把剩下的水倒在门口的咖啡罐里。等八月一到，种在这两个罐子里的向日葵就会开花；只要想到这件事，我就会露出微笑。在室内辛勤工作了一整天，吃过扁豆和火腿后，我把洗澡盆拖出谷仓，慢慢地注满一壶壶从炉子上舀来的热水。洗好了星期六晚上的澡，我开始用碎布条卷头发。离开爱荷华之后，这是我第一次如此费心地打理自己。我决定在复活节好好儿打扮一下。

转天，我和塞子绕过一潭又一潭的泥巴前往教堂。这匹马非常听话。我的篮子里有两罐查斯特舅舅腌的野李子酱；等礼拜结束后，可以和大家一起分享。这一路上都很愉快、很安静，如果有朋友同行会更好。我邀派瑞丽一起去时，她却摇头拒绝。"已经太久没去了。"她说。

"现在可以重新开始啊。"我说，有人做伴总是比较好，"孩子们可以上主日学校。"

然而，她已经下定决心，也不解释原因，我只好一个人去镇上。

小镇越来越近，我听见微弱的风琴声。一阵思念忽地袭来，查理最后一次上教堂后，我再也没有听过圣诗。

"哈啰！哈啰！"一个年轻女人跟我打招呼，并自我介绍她是葛莉丝·罗宾，"真高兴终于认识你了。"她挽住我的手臂，带我进去。我们坐在一起。"待会儿吃过饭以后，会编织一些东西。"风琴的音量加大了，她悄声说，"要送给士兵。"

穿着黄丝绸的马丁太太瞪了葛莉丝一眼，要她闭嘴。葛莉丝撅起嘴，却安静了下来。

礼拜结束后，和特迪牧师握手，和会众们吃过饭，女人们立刻分成两组。一组收拾场地，另一组——葛莉丝拉我加入的那一组——留在桌边，拿出各自的女工。

"我多了一副棒针。"葛莉丝在自己的大篮子里找着，"噢，也多了一卷毛线。"她把毛线交给我。

我面无表情却痛苦地打上需要的针数，同时想着：我终于打好要寄给查理的那双袜子，它们的洞比乳酪还多。我环顾四周，其他人的棒针喀喀喀地飞舞着，我的则慢吞吞地磨来蹭去。

葛莉丝同情地望了我一眼。"你觉得日光节约时间如何？"说着，她扯了扯毛线球，松开更多毛线。

"听说可以节省煤炭。"我说,"有十二个国家加入呢。"查理在法国也会提早一个小时起床吗?

"他们在复活节开始实施这种事,就是不对。"一个胖女人嘟哝着说。

"你对威尔逊总统能有什么期待?那支冰棒。"齐林杰太太抱怨着,"他还是长老教会牧师的儿子呢。"

葛莉丝对着手上的毛线活儿皱皱眉头。"我想我漏了一针。"

"我们要爱国,就有责任支持这个政策,或是任何可以帮助打赢战争的政策。"马丁太太说。

"我有没有跟你说过,我哥哥上星期登记入伍了?"葛莉丝露出骄傲的笑容,"他正在前往路易斯营的路上。"

马丁太太的嘴角抽搐了一下,葛莉丝似乎碰到了她的痛处。

"不需要从军,也可以为国服务。"马丁太太生气地说。我不禁好奇,为什么绥夫特还没有入伍。老实说,有些年轻人早已登记,却一直没被抽到。查理根本等不及被抽中,就自愿从军了。

马丁太太继续往下说,声音充满了愤慨:"我儿子就在防卫委员会服务;奈夫吉先生也在征召委员会服务;还有……"她的语调越来越高昂,葛莉丝显然伤害了她。

"丽欧娜。"齐林杰太太赶紧安抚她的情绪,"我听说

你有消息要告诉我们。"

马丁太太的身子刻意在那一身黄丝绸里扭了扭,转身面对齐林杰太太,说:"我想,让你们各位女士先知道也好。"她往后挪挪身子,仿佛正等着我们求她说出来。见没人追问,她只好继续说:"特迪牧师和我都同意,维达教堂应该组个合唱团。他要我当指挥。"

葛莉丝看看我,翻翻白眼。

"合唱团是个好主意。"我开口说,并试着不被葛莉丝的表情逗笑。这个小团体都是一些乌合之众,唱起歌来不怎么整齐。然而,合唱团会让礼拜变得比较有趣;这样一来,我也有理由邀请派瑞丽前来。"我知道应该邀谁参加。"

"你会唱吗,布鲁克斯小姐?"马丁太太抬眼从眼镜上方看着我。

"老天爷,不,不是我!"我大笑,"我心目中的人选比我唱得好多了。"

葛莉丝拍拍我的手臂。"海蒂,我的牛都比你唱得好。"

我也跟着笑了。"艾薇阿姨那边的教堂要求我离开儿童合唱团,因为我唱得像鬼叫。"

"那,如果不是你加入……"马丁太太说,"你推荐谁?"

"她有天使般的声音。"我放下手中的织针,"派瑞丽·慕勒。"

房间忽然安静下来。葛莉丝看着我,我不明白她的表情到底代表什么。

"您应该听听她唱歌。"我继续往下说,试图打破这阵静默,"她几乎知道所有的圣诗。"

马丁太太用手帕擦擦她的薄嘴唇。"我不喜欢说别人坏话。"她开始说道,她说话的时候居然没被雷击中,还真是奇迹。"可是派瑞丽……嗯……慕勒不上教堂作礼拜。"

"只是还没有开始罢了。"我说。

"我不觉得这是个好主意。"马丁太太说。

"为什么?"我的血液像炉子上的鸡汤一样沸腾了起来。

"噢,你这里缠住了,海蒂。"葛莉丝说,"我来帮你。"她伸手取走我正织着的东西。

马丁太太清清喉咙。"我倒觉得缠住的不只是毛线吧。"她的声音比平常更圆滑,"你如果平静下来,布鲁克斯小姐,你就会同意,派瑞丽·慕勒不适合参加我们的合唱团。"她把棒针插进膝上的绿色毛线球里。"当然,你还年轻。"她冷眼看着我,"你多大了?"

她问得有点莫名其妙,我不假思索地回答:"十六。过了10月就十七岁了。"

"你正在申请正式拥有自己的垦荒地,一个人?"马丁太太把东西放进大袋子里,站起身,拿起大衣,"很有意思。"她的口气像利刃般插进我的心,"防卫委员会应该觉得这件事很有意思。"

我的胃揪成一团。"您这话是什么意思?"我转身看着马丁太太。

葛莉丝把手放在我的手臂上,悄声说:"不要这样。"

我吞下心中的苦涩,从椅子上站了起来。"对不起,我必须回家干活儿了。"

从维达镇回家要走上三里路,我却连一步也记不得了。我像一袋面粉似的瘫坐在塞子背上。报上曾经报道,军人会罹患战壕创伤综合征。那正是我此刻的感觉——战壕创伤综合征。

我把塞子安顿在谷仓里,帮它擦干身子,还拿了一把燕麦喂它。它那绒布般的唇拂过我的手掌,仿佛想安慰我。或许马丁太太不知道她在说些什么。防卫委员会为什么要管我的农场?我年纪多大有什么关系?查斯特舅舅把这地方留给我了,留给我了啊!

我宽了宽心,拍拍塞子,还对紫罗兰说了句赞美的话。

一走近屋子,我的心情忽然变得像面团一样沉重。门被打开一条缝。我上前推开门。

"莉菲吗?"或许她又来访了。她喜欢顺道过来看看我,"你在里面吗?"

没人回答。

"胡须先生?"我走进门。

还是一片静寂。

屋子里没人。但是有人来过……还在厨房桌上留了样东西。我把它捡起来。

是宣传单。"加入蒙大拿忠诚部队,"上头是这样写的,"找出藏在我们之中的德国佬,解决阶级冲突,提倡爱国主义。免会费。所有爱国的蒙大拿男女老少皆可参加。"

我赶紧检查屋子,看看我可怜的财产有没有减少。东西一样也没少——除了我的安全感。

第十章

舞会见了，海蒂

1918年4月2日

蒙大拿州维达镇西北方三里处

亲爱的查理：

　　我希望很快就可以寄个包裹给你——放心，这次不是袜子！很高兴知道我上次寄给你的袜子让你和同伴们足足大笑了一场。我不擅长织东西，但是挺会缝拼布被的。派瑞丽对我的进步感到满意。老实说，我也很满意。我猜，你已经猜到我在帮你缝拼布被了。我把它叫作"查理的螺旋桨"。是我自己设计的旋转图案，庆祝你升为技师。被子虽不防水，却足以保暖。

　　我下国际象棋的技术大有长进。公鸡吉姆上星期来下棋，虽然还是他赢，但是我的表现也不赖。他从路易斯敦的表弟那边听到一些坏消息：一群暴徒跑进当地的高中，烧光所有的德文课本。那所学校居然没被烧掉，还真

国际大奖小说

是奇迹。有位老师气愤得辞职了。

我试着专注在自己的目标上——垦荒。卡尔教我怎么辨别土壤播种的时机。公鸡吉姆是用尝的,卡尔的方法显然比较好——抓起一把土,在手里捏一捏。我的土还是一块一块的,种子会烂掉。巴布·奈夫吉说不用担心,等到下个月中旬再播种也不迟。我希望不需要等那么久。

读了我的农事报告,你会笑我吗?有时候,我自己都觉得整天担心土壤啊、气候啊,似乎很可笑。我的担心不全是为了自己。现在当农夫是很爱国的事呢。政府鼓励我们种得越多越好。想想看,我种的麦子可能是某些士兵的粮食呢!

但是希望不是你的粮食。希望等到八月谷物成熟时,你早就安全返家了。

你的朋友

海蒂·伊尼斯·布鲁克斯

我仔细看看自己的钱包,任何蛀虫待在里头都会饿死。我不禁想到——摩西带着以色列人穿过沙漠,上帝为了喂饱他们,从天上落下食物。我抬头研究一望无垠的蒙大拿天空,显然这阵子不会有食物或任何东西掉下来。我很担心,每天祈祷时总要向上帝请愿:"主啊,我需

海蒂的天空

要一些收入,让我撑到收割季节。"我试着解释,"我不挑剔,可是我需要您的帮忙。"再一次的,我期待上帝神秘显能。

毫无头绪的——也盼不到从天而降的闪电讯息——我做完了谷仓里的活儿。春天确实渐渐赶走了冬天。草原上缀满紫色的番红花、黄色的风铃草和毛茸茸的猫尾草,我经过时总忍不住摸摸它们。真想摘些花送给派瑞丽。想是这么想,但还有一堆篱笆等着我呢。我收拾好工具,继续出门干活儿去。

一匹马载着一位骑士,朝我这儿来了,看起来相当眼熟。绥夫特·马丁自愿从维达的巴布·奈夫吉那里帮我顺路带信过来。这样一来,我就不用亲自跑到城里,但我宁可他不要这么做。

"进展很快嘛。"他滑下麻烦的背,轻轻落地,脚上的那双靴子磨损得相当厉害。

"恐怕钉不完吧?"我又钉了一个钉子。

绥夫特脱下帽子,把它挂在马鞍上。他后脑勺上一束不听话的头发翘了起来,像个问号。我可以闻到发胶的淡香。"需要我帮你敲一会儿吗?"

我的手臂哀求我说"好",可是我顽固的心却回答:"不,不,多谢了。"

"我把你的信带来了。"绥夫特拍拍大衣的口袋,"还有一些报纸。我知道你喜欢读报纸。"

"谢谢你。"我脱掉手套。

他迟疑了一下,似乎想说些什么。"又有一封从法国来的信。"他说。

"是我的同学查理。"我听出他声音里的疑惑,立刻这么回答,并把信塞进我的午餐篮子里。

"好朋友吗?"不知道为什么,他的话让我的胃一紧。

"我们认识很久了。那只猫就是他送的。"

绥夫特快速点点头,好像要把这项讯息塞进脑子的资料库里。

"我最好开始干活儿了。"我说。

他朝他的马走去。"午安,海蒂。"

"午安。"他还没踩上马镫,我已经开始钉钉子了。

"噢,还有一件事。"他停了下来,"舞会,在维达活动中心举行。你会去吗?"

"我不跳舞。"我可以想象艾薇阿姨会坚决反对地说:"接下来就要喝酒胡闹啦!"

"如果我说那是你的爱国责任呢?"他问,"这场舞会是为了募集自由债券的钱。"

一听到"爱国"两个字,我立刻全身僵硬,我还没忘记厨房桌上的讯息。"就像参加忠诚部队吗?"

他吓了一跳。"什么?"

我告诉他桌上纸条的事。"我不确定这是什么意思。"

他玩弄着麻烦的缰绳,似乎有话想告诉我,我等着。"你有没有……"

他抚着马的脖子。"你说了什么关于战争的话?让别人觉得你可能反战吗?"

"我根本没有跟任何人讨论过战事。"我说——除了公鸡吉姆——不过没必要让绥夫特知道。

"那,或许……"他又顿住了,"你知道的,海蒂,这阵子大家都严密地注意别人。"

我挥舞着手中的榔头。"如果有人注意我,他们只会看到一些跟爱国无关的捡石头啦,筑篱笆的。"我逼自己露出笑容。

"别拿这些事情开玩笑。"他的口气冷却得比灭火还快。

"你倒是说说看,我做过什么可以让人指责我不爱国的事?"对话的气氛改变了。我觉得自己随时都可能被卷进漩涡里。不管绥夫特有多迷人,他仍是防卫委员会的头子,也是他母亲的儿子。

"我知道你不喜欢听,但我还是要说,大家都在谈论卡尔·慕勒。"

"什么?"我几乎失手让榔头掉在地上,"谈论什么?"

国际大奖小说

"你听说了郎多普那边的维恩·汉弥顿被控告的案子吗?他说他不要去打仗,如果被征召了,他们必须把他抓走。"

我点头。我曾在报纸上读过。

"有一天在巴布的店里,卡尔说那个人有权利说这些话,说是言论自由什么的。"

"难道不是吗?"

"这是战时,海蒂。"他看着我的眼睛,"而且卡尔是外国敌人。"

"他才不是敌人。"我说,"他是世界上最好的人。"

绥夫特对我微笑,是那种艾薇阿姨式的微笑,是她跟我说打我是为我好时的那种微笑。"我不想让你不开心。我跟你说这些,是因为我觉得你应该知道。"他耸耸肩,"也许只是一些孩子的恶作剧,我是指那张通知。"

如果他想转变话题,这招并不管用。"绥夫特,他是我的朋友。"

"我知道。"他说,"他很幸运。"

他把帽子从马鞍上拿下来戴好。"关于舞会——我不是要骗你,确实是为了募款。如果你来的话,请为我留一支舞。"他抛给我一个温暖真诚的微笑,让我忍不住责怪自己或许多心了。

我也对他微笑。"你的脚趾会后悔的。我不太会跳

舞。"

"我是个好老师。"他说。

"我最好回去干活儿了。"我转身看着篱笆，试图掩饰脸上的红晕。

"舞会见了，海蒂。"他一个箭步跃上麻烦的背，马上转身骑走。

我的心跟着麻烦的马蹄声狂跳。我摸摸身后，找到了一块大石头，立刻跌坐下来。跟这个男人在一起，就像走钢丝似的。我深呼吸了几次，让心跳放缓。宣传单的事情当然就像他说的那样，绝对是场恶作剧。而且，他跟我讲卡尔的事，是在帮我忙。我可以告诉卡尔，要他在镇上说话小心一点。或许，绥夫特和我其实很相像。他坚持某些自己在意的事情，譬如：他的牧场和国家。我也很顽固；不管艾薇阿姨怎么打我，坚持要我改过，我还是那么顽固。

我想象自己在舞会上努力不要踩到绥夫特的脚。我敢打赌，只要跳一支舞，他就会去找别人了。若是蜜尔·包威看到我跟这么迷人的男人跳舞，大概会气死吧？我想起八年级的那场舞会。"噢，海蒂。"她对我说，"穿得这么朴素来参加舞会，真是聪明啊。"她的朋友都笑了。我当时就想离开，可是好心的查理却过来邀我跳华尔兹。我确定他的脚一定被我折腾得要命，可是查理完全不抱怨我笨手笨脚。"你穿蓝色很好看。"他说。

想起他的善良,我忍不住叹气。望着一排等着钉铁丝网的柱子,我又叹了口气。

我举起榔头继续工作,一直钉到再也举不起榔头为止。然后我吃带来的午餐,从玻璃罐里喝清凉的井水。只要运用一点儿想象力,我可以假装自己喝的是阿灵顿那家药房卖的草莓汽水,或是郝特叔叔店里卖的果汁;并假装这些冷掉的饼、不够脆的苹果和水果干是一顿丰盛的宴会。把手拍干净后,我开始读信;那些报纸则等到今天工作结束了,吃完晚饭之后,再来当"甜点"享用。

查理的信相当简短,他终于收到我的信了。查理目前在机场值勤,必须二十四小时轮班。他在信末写着:

很多人都倒下了,不是因为战争,而是因为各种疾病。我到目前为止逃过一劫,但是这边的流行性感冒很严重,那些病毒简直跟德国佬一样可恶。昨天我们看到一排被毒气弄瞎的士兵——他们像一排大象一样,每个人的手都搭在另一个人的肩膀上。

下一段被检查信件的人剪掉了。我继续往下读:

我遇到三个来自蒙大拿大瀑布区的士兵。他们好想

办一场棒球赛。我可能会参加,让他们瞧瞧爱荷华的厉害!

你的(寂寞的)朋友
查理

我颤抖着把信收好。春天的太阳似乎又冷了几摄氏度。查理从军的时候多兴奋啊,他要去拯救世界!我接到查斯特舅舅的信,离开艾薇阿姨的时候,也很兴奋。我猜,查理的情况和我相似。我们都以为自己即将展开的新生活既英勇又风光,多少是有点英勇和风光。可是你必须忍受挖掘、刮除、扒开泥土、痛苦与折磨,才找得到英勇和风光的那一面,如果真的找得到的话。

我摇摇头,甩掉这个想法,接着拿起郝特叔叔的信。这封信很厚,完全不像他的作风。或许郝特叔叔也寄了杂志剪报,他以前寄过一次。

我撕开信封,一张纸掉了出来,落在地上。"付给海蒂·伊尼斯·布鲁克斯:美金十五元。"是支票吗?我再仔细看,是《阿灵顿新闻》付给我的。我赶紧展开郝特叔叔的信,寻找答案。

亲爱的海蒂:

我非常喜欢读你的来信,于是就拿给《阿灵顿新闻》

的编辑乔治·弥顿伯格先生瞧瞧。他觉得你对垦荒生活的描述如此生动,一般读者也会有兴趣阅读。你可以看看他的信(随信附上),他希望刊载更多你写的故事。但愿你会答应他。

爱你的郝特叔叔

我拿起弥顿伯格先生的信。他希望我"每月写一篇",每篇的稿费是十五元,一直写到我真正拥有自己的农场,不再是个垦荒者为止。

"哈利路亚,塞子!"我大喊一声,把老马塞子吓坏了。蒙大拿的天空确实降下了食物——至少,描写蒙大拿的天空可以带来食物。"实实在在的钱!"我用手指头算算月份,"4月、5月、6月、7月、8月、9月、10月、11月。塞子,总共有八个月呢!八乘以十五是……"我迅速算了一下,"一百二十块钱!"我把手臂伸向广阔的蓝天,"谢谢你,主啊,谢谢您神秘的安排。"

我小心地把信和支票塞回午餐篮子里。接下来的一整个下午,我都在钉钉子,并想着要写给弥顿伯格先生的下一篇文章。每个月十五块!一直到我真正拥有这块地为止!我会先预留最后一笔手续费:37.75元。当然会有一些其他的支出,可是我的存款就足以支付了。也许我可以买一双像样的、合脚的靴子,不用再穿郝特叔叔那双旧靴子；我也可以帮自己订一份《狼点新闻》。报纸和靴子只要七块钱就可以搞定。我简直无法控制自己的兴奋了。"塞子，我们一定做得到。"筑篱笆的时候，我手中的榔头就像羽毛一样轻盈。

钉好最后一根钉子，收拾好工具之后，我简直是飘着穿过了整片繁花盛开的草原。"塞子，你认为其他的百万富翁今天都在做些什么呢？"我问，脑子里还闪过一幅画面——派瑞丽指着《猴林目录》里三块钱一把的橡木摇椅，说："坐在这上头摇宝宝该有多好。"他们正打算存钱买新的牵引机，她绝对不会把钱花在自己身上。

那晚帮紫罗兰挤奶的时候，这头牛的脾气比平常更坏：它似乎知道，正在帮它挤奶的是一双自私的手。

"好吧。"说着，我拍拍它的肚子。可恶的牛，我觉得它在帮上天传达讯息，"我就继续穿这双旧靴子吧，这样就可以帮派瑞丽买那把摇椅了。"

紫罗兰用它的大眼睛看着我……一脚踩在我的右脚上。什么嘛，刚刚才说它是上帝的使者呢！

第十一章

每一块钱加起来就是胜利

1918年4月5日
蒙大拿州维达镇西北方三里处

亲爱的郝特叔叔：

我该怎么谢谢您呢？我每个月收到的支票，会像我急着想种的大麦一样成长。辛普森老师可能会念我的文章给同学听，我相信她会想法子找出一堆文法错误。好高兴啊，即使被当作负面教材都无所谓！

我跟卡尔提起康宝先生在《康宝1907年土壤农业手册》里所做的科学研究，他猛摇头。如果听取康宝先生的意见，就应该帮我的四十亩地订购七桶种子。卡尔说我应该订购二十桶！足足差了十三桶。我一向都听卡尔的意见，可是康宝先生是专家。大麦种子一桶要2.5元，卡尔的做法恐怕会让我多花三十三块钱。如果您能给我一些建议，我会很感激。

这个周末,学校会举办大型活动:帮自由债券募款的舞会。这是我第一次参加社交活动,除了上教堂之外(是的,艾薇阿姨,我上教堂了)。派瑞丽会烤蛋糕,我最好也带些三明治比较妥当。我烤的面包不像以前那样又厚又干了。

您的侄女

海蒂·伊尼斯·布鲁克斯

"胡须先生,你觉得如何?"舞会前一晚,我把衣服摆在桌上,"黄色的连衣裙,还是蓝色羊毛裙加紧身上衣?"

胡须先生闻闻这两套衣服,对着蓝色那件打了个喷嚏。

"我也这么认为。"我拿起连衣裙,"该为这里上点儿色彩了!"真傻,我甚至整理了自己这一头鸟巢似的乱发。我事先洗好了头发,用糖水冲过一次,然后用许多碎布卷子绑好。我让卷子留在头发上,直到星期六出门前才松开。忙乱了好一阵子,头发总算可以见人了。我用妈妈的玳瑁发夹将两边的头发往后夹。胡须先生喵喵夸赞不已。

我做了一堆三明治。一听到公鸡吉姆的马车声,我赶紧把三明治放在一个最完美无缺的搪瓷大盘上,用干净的布盖住,随即抓起大衣和披肩。

"海蒂，你看起来真美。"吉姆甚至爬下马车，扶我上车。

"你看起来也不错。"我开他玩笑。自从公鸡吉姆成了我的国际象棋伙伴之后，他的气味改进了不少；或许是我比较习惯他的气味了。

"希望你的鞋子够舒适。"公鸡吉姆跳回自己的座位，命令马儿起步，"你一定会整晚跳个不停。"

我不禁脸红起来，赶紧把话题从我身上转移到战争新闻上。德国在法国索姆河和阿尔沃河之间展开一波新的攻击，号称抓了九万战俘。我忍不住想到查理。

"你知道你的朋友驻扎在哪里吗？"吉姆问。

"不知道。有一次他写了一个城镇的名字，可是检查信件的人把它剪掉了。"我安静地坐了一会儿，心事重重，"我想他们不会把机场放在最前线，这样才能确保飞机的安全。"

"希望如此。"吉姆说。

"希望如此，也这么祈祷。"我说着，硬是推开心里那股不祥的预感。上星期，我才听说了这边第一位阵亡的士兵，是托芮斯镇的寇克派区克先生。虽然我不认识他，他的阵亡终究还是让战争离家门更近了。这一路上，吉姆和我都很安静。

"进来！"莉菲在门边朝我们挥手，"里头又舒服又暖

和。"

我们很快地走进门,脱了大衣,帮忙在桌上摆三明治、蛋糕、豆子和乳酪。我还帮忙煮咖啡。派瑞丽带来了一个蛋糕来。

"闻起来好香!"莉菲喊着,"食物短缺,你怎么还能烤出这么棒的蛋糕来?"

"我一直好想吃点儿甜的。我奶奶以前最会无中生有地做蛋糕了,我想我也可以试试看。"派瑞丽害羞地微笑,"葡萄干先用水煮过,这样甜味和湿度就都有了。"

麦蒂走过来,用双手抱住我的腿。"我们有小猫咪了!"她放开我,顺一顺慕丽所剩无几的头发。"我、却斯和慕丽都得各取一个名字。"她靠得更近了,"慕丽没办法决定,我就帮了她一下。"

我还没来得及问小猫的名字,麦蒂就跑去和一个我不认识的小女孩玩抓人游戏了。

没过多久,屋子里满满的都是人。葛莉丝·罗宾和她的丈夫维恩、他们的两个孩子一起走了进来,我朝他们挥手。她的女儿奥丽芙蹦跳着跑到麦蒂和她朋友身边。齐林杰兄弟拿起小提琴开始调音,孩子们在屋子里跑来跑去、互相追逐。我看到却斯窝在远处角落的桌子后头看书。大家都在笑着聊天,我并未看到绥夫特。

"马丁家的人会来吗?"我问莉菲。

她做了个鬼脸,说:"错过公开炫耀他们购买自由债券的机会?不可能。"

"都是为了做好事嘛。"我说。

莉菲扬起眉毛看着我。"海蒂,你难道不知道,这个男人就是个麻烦吗?"

"我以为他的马才是麻烦。"我试着开开玩笑。

"你呀!"她笑了,并拍拍我的手,"我跟你说,我妈妈以前总爱说:英俊……"

"就只是英俊罢了。"我帮她说完这句话,"不只你妈妈这么说,我阿姨也这么说。"

"说曹操,曹操就到。"莉菲把头歪向门口。绥夫特·马丁和一伙牛仔走了进来。

少数几个男人对这些迟到的人点点头,音乐随即响了起来,大家都把注意力集中在舞池里。

"齐林杰兄弟可真能炒热气氛,是不是?"莉菲用手肘撞撞我的肋骨。我们看别人跳了一会儿,拍手大声叫好,开心极了。

一支特别活泼的舞结束了。我感觉有人拍我的肩膀,一转身,就看到绥夫特·马丁正对着我。

"很高兴再次遇见你,布鲁克斯小姐。"他说。他的头发整齐又光亮,闻起来有派克护发水的味道。查理以前也从他爸爸那儿偷派克护发水来搽。

"晚上好。"我顺顺一小绺敷了糖的头发。

"愿意赏光跳一支舞吗？"他伸出手臂。

我看看莉菲。她皱着眉头，把头转了过去。"我还不知道自己会不会跳呢。"我回答。

绥夫特微笑了。他帮我捡石头那一天，就是这样微笑的。"光是站在这里，你永远学不会。"

虽然我可以感觉到莉菲的眼睛狠狠盯着我的后脑勺，我还是挽起绥夫特的手臂，一起走进舞池里。

齐林杰兄弟开始拉一首非常活泼的曲子。

"别说我没事先警告你！"我跟其他女人一起排好队伍。

其实一点儿也不难。齐林杰的爸爸喊着步伐："女士们弯腰，男士们从下头钻过去，一对一对，互相转圈！"他一面唱，八字胡一面跟着颤动。"放开女士往回走。对着男士屈膝行礼。跳起身，继续跳。转圈，转圈，一直转圈。"

舞池里很挤，根本没有犯错的空间。如果跳错了，就哈哈一笑，抓住舞伴继续跳。

下一支舞是华尔兹。"再跳一支舞？"绥夫特问。我点点头。

他的右手滑到我的腰上，左手握住我的右手。我们的手相碰的那一刻，我敢发誓，有一道电流通过我的身体。"噢！"我的手立刻弹开。

"我手太粗了吗?"他在牛仔裤上擦擦手,"还是太多汗?"

"不是,不是。"我宁死也绝对不跟他说实话,"我……我的手还在痛,筑篱笆时受的伤。"希望我的谎话说得够顺畅,他会相信。

"我明白了。"他说,"我会很小心的。"他再度握起我的手,像是握着他妈妈最贵重的瓷茶杯那般温柔。

我们在房间里到处转圈。我以前从来没有这样跟人跳过舞。八年级舞会的时候,查理曾跟我一起跳舞,可是他比我还笨拙,我们不断互相踩着对方的脚。绥夫特让我觉得自己像童话里的公主,在姜饼城堡里跳舞。音乐结束了,好快啊。

"吃饭喽!"莉菲敲着一口锅大喊。绥夫特向我致谢后,随即走开。

我被排队的人们挤到三明治桌前。

葛莉丝排在我身后。她戳戳我的背,开我的玩笑:"海蒂有男朋友了。"我的脸颊滚烫,却不是因为房间太挤、太热的缘故。

"噢,天啊!"莉菲把手高高举起。

"没这回事。"我嘟哝着。

"朋友邻居们!"齐林杰老爸喊着,"弄点儿吃的,然后我们要谈谈:今天晚上我们为什么会在这里集会。"

大家各自把盘子装满、倒好咖啡。沙波先生开始推销自由债券。他不像家乡戏院里的广告人那么会说话，但是很热情。

"你们都知道，我的儿子就在那边打仗。"他一开口就这么说。

"我的也是，别忘了。"一个女人说——是厄威克太太吗？

沙波先生点点头。"听说蒙大拿的从军子弟比其他州都多。"

听了这句话，群众大声欢呼。

沙波先生挥手要大家注意。"没人有资格说：我们这一州不支持战争。"又是一阵欢呼，"还有一个方法可以支持战事，就是买自由债券。蒙大拿分配到的自由债券是三百万元。"

有人吹了声口哨。

"我知道，听起来似乎不可能。"沙波先生说，"可是平均起来，本州每个男人、女人和儿童，每个人只分摊到三十块钱。自由的代价并不高，我知道你们会尽力。我会在后头等大家过来，让德国佬看看我们的厉害。每一块钱加起来就是胜利。"

"去买债券！"莉菲大喊，"再回来吃蛋糕。"

"补充一下体力再跳会儿舞。"齐林杰老爸又加上一句。

我拿着一张又旧又软的五元钞票到后头,沙波先生把我的名字写在本子上。"这是你的头期款。再交四次,每次十元,你就有一张货真价实、由美国政府担保的自由债券了。"他说,"下一次付钱是10月21日。"他递给我一支笔。"请在这里签名。"

签名的时候,我心里想着查理。我这点儿钱并不多,可是如果全国的人都掏出一点儿钱来,加起来就会很多。如同沙波先生说的:加起来就是胜利。真高兴我有报纸专栏这份收入,否则的话,根本连买战争邮票的钱都没有,更别提自由债券了。

"好了,海蒂。"沙波先生递给我一枚绿别针,"别上这个,让别人看到你是'山姆大叔'的好伙伴。"

我把别针别好,有人忽然走到我身后,是绥夫特。

"让我看看名册,沙波。"他说。

沙波先生合上本子。"不关你的事。"

"我可不这么想。"绥夫特回答。他环视房间,仿佛正巡视着自己的牧场。"作为道森郡防卫委员会成员,我发誓要找出不尽力的人,鼓励他们履行爱国义务。"他的声音很大,致使本来在玩抓人游戏的孩子们都停了下来。派瑞丽匆匆走过房间,抓住麦蒂。我找不到却斯的身影。

"头两次推行自由债券的活动,我们都完成了任务。"

沙波先生回答,"没有理由怀疑我们这次做不到。"

绥夫特瞪着桌边的卡尔,说:"看样子有人希望这次任务失败。"

我屏住呼吸。卡尔的大手握成了像石头一样硬的拳头。不,我用眼睛求他。我太清楚怎么惹火别人了。我刚搬去跟艾薇阿姨住的时候,就学乖了。法蓝·汤姆逊总拿我是孤儿这件事欺负我,有一天我实在忍不住了,若不是查理插手,我和法蓝·汤姆逊大概会一直打到今天还不肯罢休。

卡尔向绥夫特逼近一步,绥夫特也逼近卡尔一步。

莉菲打断他们之间那股紧张的气氛。"来点儿音乐吧。"她用力拍手,声音之大,听起来像枪声。她穿过房间,朝沙波先生伸出手。"现在轮到女士们选舞伴。沙波先生,我选您。"齐林杰老爸抓起小提琴开始演奏。

"可是每个人都尽力了吗?我正在问这个问题。"绥夫特的牛仔伙伴走过来围在他身后,显然并不理会音乐。我看到沙波先生上嘴唇的汗水。莉菲让自己夹在绥夫特和桌子之间。我的手掌又湿又黏,双脚也粘在地板上。我偷看了派瑞丽一眼,麦蒂正抓着她的裙子;我再看看卡尔,他的手曾经帮我的篱笆钉了几百个钉子。我的篱笆!因为他是我的邻居,我的朋友。我深深吸了口气,在裙子上擦擦手,往前走了一步。

"马、马、马丁先生。"我深呼吸,重新开口说,"马丁先生。"我伸出手,"这一支舞由女士选舞伴。你愿意跟我跳舞吗?"

绥夫特·马丁立即转身,用一种迷惑的表情看着我。他仿佛看透了我,什么也瞒不了他。"这是最慷慨的邀请了,布鲁克斯小姐。"他握住我的手,带我到舞池里,加入其他人旋转舞动的行列。我舞着荡过了维恩和葛莉丝、莉菲和沙波先生身边。莉菲不肯看我一眼。

"谢谢你的这支舞,海蒂。"音乐停下来时,绥夫特说。他领我走出舞池。"听我的劝告。"

"什么劝告,马丁先生?"我把掉到脸上、变得黏糊糊的头发拨开。

他碰碰帽檐儿,说:"别跟我耍把戏。"他对他的人点点头,就一起离开了。

齐林杰老爸一刻也不耽搁,又开始拉下一首曲子。

我发现自己一直屏住呼吸。我拖着软绵绵的双腿走过房间,找到了派瑞丽。

"去吧,跟卡尔跳一两首曲子。"我一把将芬恩抱了过来,"这对你有好处。"

"他的确喜欢跳舞。"她说。

"那就去啊。"我找到一把椅子坐下。芬恩是个甜美的圆脸宝宝,即使是最没有经验的保姆,她也能接受。我绝

对是属于这一种的保姆。

"她喜欢被直立着抱,才能看到四周。"麦蒂来到我身边,"像这样。"她把芬恩转过来,背对我的胸口,让那张小脸对着舞池。我惊讶地发现,怀里抱着温暖的宝宝真舒服。她让我所有的神经都松弛下来。麦蒂也倚着我。我忍不住微笑——好像是这两个小宝宝在照顾我呢。

"慕丽害妈妈哭了。"麦蒂拉着娃娃的发结。

"真的?"我说,"老天爷。"

麦蒂伤心地点头。"慕丽唱歌给我听。是卡尔的妈妈以前唱给他听的歌。"

"一首歌让她哭了?"小芬恩抓住我的食指,磨着她的新牙齿。我的视线穿过房间。舞池里,其中有两对原本轮到跟卡尔和派瑞丽一起跳舞,没想到他们竟然掉头就走,一定是受到绥夫特的影响。我往前坐,屏住呼吸。葛莉丝和维恩·罗宾立刻上前补充空位,抓着卡尔和派瑞丽一起跳舞。"上帝保佑你们。"我悄声说。

"却斯说是因为篱笆倒了。"麦蒂继续往下说,"他说妈妈会哭,是为了那件事。"

"篱笆?"我转身望着她。

她点头。"很多篱笆都倒了,又没有暴风或牛群经过。"芬恩的口水流到我的手上,麦蒂赶紧用裙角擦拭,接着抬头看着我,问:"海蒂,卡尔是德国佬吗?"

听到麦蒂的嘴里冒出那三个字,比听到最肮脏的脏话还糟糕。我揽着她的肩膀,说:"不要理会那些胡说八道。"

麦蒂玩着慕丽的衣服。"卡尔正在帮慕丽做一个摇篮。妈妈以为是给宝宝用的,可是卡尔和我都知道那是给慕丽的。"她挣出我的手臂,"莉菲小姐烤了甜饼,要我帮你拿一些吗?"

"听起来很好吃。"芬恩靠着我的手臂。我轻轻让她倚着我的肩膀,拍着她的背。小宝宝很快就睡着了。我转头看着她布满柔软细发的小头颅,闻着她的婴儿奶香。派瑞丽和卡尔跳了过来——他又高又结实;她挺着大肚子,长相平凡——我的心满得好像要从眼睛里溢出来。此时此刻,我试着审视自己的情感。绥夫特也许会让我的五脏六腑乱跳,但那不是我要的。我要的是更踏实的东西,像蒙大拿这三百二十亩地一样踏实,像卡尔和派瑞丽这般的好人一样踏实。

午夜时分,大家又吃了些三明治和咖啡,还跳了些舞。我跟公鸡吉姆、沙波先生,甚至跟却斯都跳了几支舞。

"最后一曲。"齐林杰老爸说着,开始演奏华尔兹舞曲《甜蜜的家庭》。

等我们洗好了咖啡杯和装三明治的盘子,派瑞丽开始打哈欠。我们把杯盘摆在桌上,让大家各自领回。

动身回家时,太阳已经升起。卡尔、派瑞丽和我各抱着一个熟睡的孩子到慕勒家的马车上。"晚安,亲爱的。"派瑞丽说着,把头靠在卡尔的肩膀上。马车还没驶出学校的庭院,她似乎就睡着了。

公鸡吉姆和我安静地坐着马车,望着天空从深蓝变浅蓝,再转成粉红色。

到了我的住处,我滑下马车。"快点儿睡吧。"吉姆叮咛着。

"希望如此。"我用手遮住打着哈欠的嘴巴,"再过一个小时,我就得去帮紫罗兰挤奶了。谢谢你送我回家。"我疲倦地挥挥手,他赶着马车走了。

我用屁股右侧撞开门,把篮子甩过门槛,用力丢到桌上,接着又打了个哈欠。跳过舞后,肚子好饿。我掀开篮子上的布,准备拿出剩下的三明治,却突然碰到一个东西。慕丽!麦蒂如果发现慕丽不见了,一定会吵个不停。我吃了口三明治,立刻转身出门。谁需要睡觉啊?塞子可以载我到慕勒家,回来刚好赶得上挤奶时间。我可以晚一点儿再睡。

还没走上二十步,我就开始后悔自己如此慷慨了。黎明前的草原湿漉漉的,比什么都可怕。嚓,嚓,嚓。塞子的蹄子踩着草原上的草,还有小小的仙人掌。喀嚓,喀

喀嚓,喀嚓。那是什么声音?一定是某种动物正在吃东西。我不禁起了鸡皮疙瘩,同时想到两个月前遇见的那只饿狼。它的胃早该把紫罗兰的尾巴消化完了,此刻一定忙着寻找食物。五尺高、一百三十磅重的食物应该可以填饱它的肚子。我打了个冷战,非常高兴自己正骑在塞子背上。

一般人可能想象不到草原有多开阔,而且完全没有地方可以藏身。"嘿,塞子。"我用鞋跟踢它的肚子,让它走快一点。天晓得,我怎会认为这匹老马跑得过任何动物!毕竟,一个人走在清晨的草原上,脑子不可能太灵光。

要不是我被草原上的怪声吓得半死,就会早一点儿发现了。直到沿着河谷走了一里地,我才闻到——烟味。

我催促塞子走上山坡。爬上山丘顶端的时候,烟的气味忽然变强,就像棒球场上的一记乱投震撼了我。烟!从派瑞丽家的方向飘来。

第十二章

一闪一闪亮晶晶

4月,某个伤心的一天
蒙大拿州维达镇西北方三里处

亲爱的查理:

　　真有意思,虽然我们相距几千里,可是你跟我都有相似的经验。我可以想象,大家一定都很高兴能分享你妈妈寄去的肥皂。我也有机会跟邻居分享我的东西。正因为如此,我可以少做一项日常工作。我每天要做的事情越来越多了。

伤心的海蒂

　　塞子的蹄子在草地上敲打着节奏:希望他们平安,希望他们平安,希望他们平安。我鼓励塞子跑快一点儿。"亲爱的上帝,拜托,失火的千万别是他们的屋子。"

国际大奖小说

我整个人在塞子背上震个不停,一双眼睛搜索着地平线那头,看得头都痛了。很难想象在草原上可以看得多远。那就像一大片草皮在你眼前展开,越接近终点,草皮反而展开得更辽阔。我们是否永远也到不了了?

跑下山谷,再爬上山坡,终于可以看到屋子了。派瑞丽的屋子。它并未失火!烟从屋后升起。我命令塞子前进。

我们在草原上又走了几分钟,才抵达派瑞丽的院子。

却斯两手各提着一个空水桶,从屋里冲了出来。派瑞丽站在井边,用尽全力打水。她看我一眼,说:"我打水,你提水。"

我立刻点头。等我把塞子拴好时,派瑞丽已经把却斯的两个水桶都装满水了。他和我各提一桶,跑向谷仓。

我们把水桶交给卡尔,他把水浇在火上。却斯和我又赶紧跑回井旁。我们来来回回地跑。派瑞丽从井里打水上来,我们其他人自行组成了一支水桶传递部队。

如此重复了几十次,火却越烧越旺。我踉跄着冲去提水,卡尔抓住我的手臂。"停。"他拿走却斯手里的水桶,放在地上。

"没办法了。"他转身,挥手要派瑞丽停止打水。

"谷仓!"却斯跪倒在地,"谷仓……"

海蒂的天空

派瑞丽跑向卡尔。她极度疲倦,又挺着一个大肚子,步伐因此有些迟缓。卡尔用手臂环着她的肩膀,把她拉到身边。泪水顺着却斯的脸淌了下来,我也跪下来抚摸他的头发。

"好了,好了。"我小声说着。此刻,没有任何话语能够安慰他。

我望着大火。蓝色的火焰像白蚁似的吞噬着木材,燃烧的木板发出呻吟。卡尔亲手盖的坚实谷仓,正勇敢地抗拒着。可是大火太饥饿了,随着最后一声怒吼,大火狼吞虎咽地吞噬了谷仓。残余的墙板倾颓在地。

这场大火非常恐怖,我却无法把头转开。

却斯渐渐停止啜泣。"我和卡尔把马救出来了。"他说,"它们在屋子后头的山谷里吃草。"他揉揉眼睛,"可是我们没办法……"接着就再也说不下去了。

我抬眼看看山谷,看到了马匹。但就只有马匹。"马特和小鹿呢?"我问。

卡尔摇摇头。

失去这两头牛是很大的损失。没有牛奶,没有奶油。噢,可爱的小鹿。我看看却斯,他肮脏的脸上挂着泪痕。

"怎么会发生火灾呢?"我问。

卡尔望着烧焦的谷仓,沾在脸上的烟灰犹如战士涂抹的迷彩。

"我们到家的时候,谷仓就在冒烟了。"派瑞丽一边说,一边慢慢地抚摸肚子,"卡尔和却斯把马救出来以后,干草就着火了,我们根本来不及做什么……"她无助地举起双手。

"火是怎么被点燃的?"我问。

"猪。"卡尔用德文说。

"抱歉,我听不懂。"我看着派瑞丽。

"猪。"她擦擦眼睛,"两条腿的猪。"

她抓起卡尔的手,一起离开烧毁的谷仓。他们走到马匹吃草的地方,拥着彼此,站着不动。

我把手放在却斯的肩膀上,说:"我们去弄些早餐给你和妹妹们吃。"

他用袖子擦擦鼻子。"我不饿。"

我拍着他的背,可以感觉到他的脊椎和肋骨被紧实的肌肉扎在一块儿。"你至少可以吃个甜甜圈吧?"

"或许吧。"却斯从我身边走开。这个八岁的男孩朝屋子走去,看起来就像个老头儿。看着他,我的胸口一阵疼痛。

喂饱孩子们以后,卡尔和派瑞丽还是没有进屋。过了好一阵子,等他们终于进来时,我拥抱派瑞丽,拍拍卡尔的手。

"卡尔会去找麦荣·高尔立。他会帮我们清理和重建。"派瑞丽用肮脏的围裙擦拭布满烟灰的脸,"也会找路德教会的人帮忙。"

"你们很快就会有座新谷仓。"我用干布擦着一个早已擦干的盘子,"今天需要我待在这里吗?"

派瑞丽看看卡尔。他坐在厨房桌旁,无视自己手肘边的那杯咖啡。"不,谢谢你,真的不用了。"

我放松手上的缰绳,让塞子慢慢踱回家。我泪流不止,几乎看不到任何东西;每次觉得好一些了,眼前就会浮现出却斯的脸,泪水的闸门又跟着打开……

因此,当我抵达离家最近的山坡时,根本无法确定自己看到了什么。一个骑士骑着一匹高大的骏马,离开了我的屋子。这附近只有一匹马如此高大。

我发出口令叫塞子加快速度。等赶回院子里时,已经看不到那个骑士了——完全不见踪影。我走进屋里,并未发现任何异样。

那是非常漫长的一夜,这个早晨更加令人难挨。真想把床放下来,钻进被窝里,但现在我得去挤牛奶。我换上连身长裤,走向谷仓。哭着回家的这一路上,我已经想到一个主意——很荒唐的主意——我对自己简直无法置信。

我绕到谷仓后头。一捆焦黑的干草正冒着烟。它像个醉汉似的,歪歪斜斜地靠着一堆石头,离谷仓有一小段距离。

"噢,我的天!"我拿起干草叉,拍打干草上的火星,并把整捆干草拖到更远的地方。接着我跑去提来一桶水,浇在整捆干草上。

是绥夫特。是他做的。一定是他!那是他的马没错。他先在卡尔的谷仓放火,再给我一个警告?只是警告,无意造成任何损失。他疯了吗?还是我疯了?

他留下的讯息相当明显:今晚过后,我的谷仓绝不会比派瑞丽和卡尔的谷仓更加安全。前去帮紫罗兰挤奶时,我撞到了查斯特舅舅遗留下来的箱子。如果他在这里,会怎么做?

紫罗兰哞哞发出不满的抱怨。"闭嘴,马上就好。"我解开绳索,打开箱盖。舅舅会告诉我该怎么办才好。他关心我,才会把这个地方留给我,他现在一定还在暗中照顾我。我闭上眼睛,把手伸进箱子里。我碰到的第一个东西将会指引我。

我睁开眼睛,一看到手指碰到的东西,眼眶里顿时积满泪水。"你或许是个无赖。"我说,"但你是对的。"

第二天早晨,我在紫罗兰的脖子上系了根绳子。我一手抓着绳子,另一手拿着查斯特舅舅箱子里的一包东西。走着走着,烧焦的气味越来越浓;我还闻到梦想被摧毁的气味。喀喀喀!前方传来一阵榔头敲击声,卡尔已经

在为马匹搭盖简单的遮雨棚——噢,还有它们的新伙伴——我不禁露出微笑。

却斯正在院子里。"妈!"他一看到我,就朝屋里喊了起来,"有客人。"

屋门打开了,派瑞丽站在那儿。即使她的眼睛红肿、疲惫,脸上还是带着迷人的微笑。她一看到紫罗兰,就歪着头说:"亲爱的,我听过人家遛狗,你是遛牛吗?"

我把手中的绳子交给却斯。"你已经知道怎么照顾它了。"他望着他的母亲。

"海蒂,我们不能……"

我举起手。"你们比我更需要牛奶,我不能留着它。"我说,"这么一来,我就不得不常常过来打扰,来跟你们讨牛奶喝。"我催促却斯:"快去把它安顿好。"又转头问派瑞丽:"有咖啡吗?"

派瑞丽把手按在嘴上。她深吸一口气,说:"还有新鲜的面包,快进来。"

吃了几块面包后,我拿出用棉布捆着的那包东西,解开绳结,打开裹了好几层的棉布,一堆彩色布料立刻露出来——褪了色的碎布、衬衫布、长裙布、棉布,有蓝、绿、黄等颜色。我摸着这些碎布,让它们像雪花似的从我指尖落下。

"我们应该开始缝条拼布被了。"我指了指她围裙下的大肚子,"送给宝宝。"

她沉默了好一会儿。"你真的确定要这么做?"

确定?我什么也不确定。"我想做俄亥俄州之星的花样。"我说,"你知道的,就像'一闪一闪亮晶晶'。"

"那是麦蒂最喜欢的歌。"她伸出手,越过桌面握住我的手,"谢谢你。"

整个下午,我们剪出许多三角形的布块,计划该怎么拼出图样。"这一片放在这一片旁边,你觉得怎样?"我举起一片蓝色和一片绿色的布块。

她抿抿嘴唇。"太过强烈了。"她说,"这样呢?"她把一片有着淡黄色线条的布块摆在绿色布块上头。

"你的眼光真好。"我说。

"我妈妈总是说,拼布就像交朋友。"她专注地盯着手上的剪刀,剪下一片蓝布块。"有时候,越是不一样的布,越是不一样的人,摆在一起才更完美。"

我抬头看她,她对我露出一个哀伤而甜美的微笑。派瑞丽仿佛看穿了我的心,看到了我所有的毛病和缺点,却还是对我敞开心房。我的喉咙哽住了,赶紧用力吞了吞口水。

"我跟你提过我是怎么遇见卡尔的吗?"她把蓝色三角形布块堆在一起,"是在利木尔离开我之后。老天爷,他真是个糟糕的男人。他喝酒喝到我们几乎破产,我只好叫他走。他打算拿走我们剩下的钱,我试着阻止他。"她拍拍自己的腿,"他得到了那笔钱,我得到了这条瘸腿。"

我倒吸了口冷气。"他打你?"

派瑞丽并未回答。她抚着桌布,又开口说:"我那时怀着芬恩。感谢上天,我没有失去她。莉菲过来陪我,一直到我可以下床走动为止。"

我把手搭在她的手上。"听了真令人难过。"

"莉菲还在芝加哥的时候,就认识卡尔了。他才刚抵达这里,莉菲就跟他说我需要帮忙。卡尔跨过这道门槛时,看起来好像他本来就住在这里一样。"她揉着腰,一直看着我,"说真的,海蒂,你还是不要常来比较好,尤其是这阵子。"她把玩着一些三角形布块,"我会叫却斯送牛奶给你。"

我的脑海闪过了一些景象:桌上的纸条、舞会上绥夫特的脸、谷仓大火、冒烟的干草。我疲倦地吸了口气。现在,不能再怕事了。

"你的肚子这么大了,我们最好赶快缝这条拼布被;否则,我们没办法赶在宝宝出生前完成。"

派瑞丽看着我,摇摇头。"海蒂,你真是……"她顿了一下,拍拍肚子,"我肚子真大,对不对?"

我们开始聊宝宝、收成、如何避免床虱。我们以前也聊过这些话题,可是今天不同。我到查斯特舅舅的农场垦荒是件大事;可是我开始发现,还有比拥有一座农场更重要的事。我正在拥有自己的人生。无疑的,我的抉择会吓坏艾薇阿姨;但如果我的抉择让我因此拥有像派瑞丽这样的朋友,那么我的方向一定是正确的。

第十三章

友谊的种子

1918年4月

阿灵顿新闻

垦荒家庭——播种

每个农夫都各有一套鉴定土壤的方法,知道何时可以开始播种。我选择了邻居卡尔·慕勒惯用的方法。我抓起一把土,捏一捏。土块既没有湿答答地粘在一起,也没有干得碎裂成灰,而是维持一整块的形状,这就表示可以播种了。二十亩亚麻和二十亩大麦。我以为这天永远不会到来。

再次感谢塞子。我完全没有经验,因此希望它可以帮我。但是,好几个世纪以来,人类就在播种了——即使像我这样的人,应该也做得到。

"嘿呀!"我把马具抛到塞子强壮的背上,调整好,再

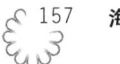

放上颈套。"乖，乖。"我拍拍它的脖子。它耐着性子站着，我把马具底端的绳子绑在犁的横杆上，再把缰绳绕在两只手上，并抓住犁的把手。"起来!"塞子奋力往前，直到绳子绷紧。然后它停下来，转头看我。

"没错，我们要犁这片田。你和我。即使累死也要犁。"我用缰绳打它的背，"我们恐怕真的会累死。"

塞子发觉我是认真的，开始用力往前拉。我把全身重量压在把手上，让犁头稳稳地插在土里。犁头切过草原上的草，翻起巧克力色的土壤，看起来就像一条两尺长的丝带。"我们在犁田了，塞子!"我甩了甩手上的缰绳，塞子又犁出六尺长的丝带。把手每震一次，我的手就会跟手套摩擦一下。

我们又犁了六尺。即使戴着手套，我的两只手仍然起了水泡。犁完一整排后，水泡开始流血。犁完第五排，肩膀痛得让我的双手失去知觉。

几位邻居路过，看了看我的"进展"。"一般人会犁一条直线，而不是圆圈。"公鸡吉姆笑得满脸通红。

莉菲经过时，我刚好跌了个狗吃屎。"你的黑眼圈似乎有点儿严重。"她递给我一包药草，"混些培根油，应该有用。没办法久留，我要去看看派瑞丽。"敷过她给的药之后，我的眼睛确实好多了。

后来，卡尔也骑马来了。我们并肩站着，一齐看着我的田。我不知道卡尔在想些什么，但是我知道自己在想什么：等犁好这四十亩地时，我一定已经九十岁了。

"不好，不好。"他摇头，"你需要机器。"他比画着旋转方向盘的动作。虽然石油短缺，卡尔还是替他的牵引机弄到足够的石油。即使英文不太溜儿，他依旧极力解释：他会帮我犁田；如果犁了六十亩，其中二十亩的收获就归他。我仔细想了想……大概想了二十秒吧。接着，我做了自己长久以来最明智的一笔交易，和卡尔握了握手。

过了几天，卡尔就来帮我犁田，我则跑去跟派瑞丽混了一整天。这也是我们当初约定的，他不喜欢让她一个人在家。宝宝六月才会出生，莉菲和我都怀疑她能不能等到那个时候。"你怀的是什么啊？大象吗？"莉菲曾经这样问她。派瑞丽笑了。"还记得我怀芬恩的时候吧。"她说，"你还以为我怀了双胞胎呢。"她们继续讨论芬恩出生时的细节。这番对话让我不怎么自在。只要谈论宝宝和生孩子的事，都会让我感到不自在。我在这方面的知识少得可以搁在针尖上了，真高兴派瑞丽不用靠我，只要有莉菲就够了。

星期一，又是洗衣日。煮白色衣服的时候，我刷洗孩子们的牛仔裤。派瑞丽挺着大肚子，很难弯下身就着洗衣盆里的洗衣板洗衣服。我拧干一件衣服以后，就交给却斯或麦蒂,他们会拿去让妈妈把衣服晾在晒衣绳上。

"海蒂,别吃惊,我们洗的衣服会招来访客。"派瑞丽抖开麦蒂的绿色长裙。

"访客?"我说。我的上一位访客是公鸡吉姆。他来吃晚饭,跟我下国际象棋,结果他又赢了。他的临别赠礼就是跟我分享他的床虱。我几乎用了一升的煤油杀床虱。

派瑞丽站起来,把手叉在腰后。"上星期,一群羚羊跑来查看在风中飘扬的内衣!"她放声大笑——最近很少听到她笑——接着脸上闪过一抹痛苦的神色。

"却斯,进去帮妈妈把摇椅搬出来。"很高兴派瑞丽接受了我送她的礼物,那是用报纸专栏的稿费买的。"给宝宝的。"当时我这么说。她帮宝宝接下了这份礼物。我以前没什么机会接触小孩。在我寄住过的亲戚家里,他们的孩子都大了,我总是多出来的那一个。刚搬来的时候,麦蒂喜欢说个不停,芬恩一直流口水,让我很受不了。现在我习惯了,不仅随身携带手帕,也开始喜欢听麦蒂说话,她天生就是当作家的料儿。查理若是看到我渐渐爱上这些孩子,一定会笑坏了。还有那个却斯!他在我心里占了很大的位置。他对他妈妈真好,对卡尔忠诚得像个土耳其士兵。他非常聪明,前阵子已经读完《金银岛》,现在正在读《紫艾灌丛中的骑士们》。

"椅子来了。"却斯搬来了摇椅。我把摇椅放在唯一的阴影里,让派瑞丽坐下。感谢紫罗兰,我们还有牛奶可喝。我将牛奶倒进锡杯里,真希望这是装在玻璃杯里的真正饮料。

"给你一分钟,告诉我你在想什么。"派瑞丽安适地坐在椅子上。

我笑了。"虽然我不想承认,但这是艾薇阿姨以前常说的。"我把牛奶交给派瑞丽,"如果愿望是马的话,这个世界上的马一定多到连乞丐都有马可骑。"

"我妈妈以前也这么说。"派瑞丽喝着牛奶,"当然,有时候愿望也会实现。"她拍拍肚子,又喝了一口。"噢,真好喝。"芬恩摇摇晃晃地走近她妈妈的膝头。我抓住却斯的连身裤肩带,说:"你和麦蒂带着妹妹去帮我摘些野菜,我要放进锅里炖肉。"

却斯停下来看着我。"你的炖肉比你的面包好吃吗?"他的褐色眼睛看起来相当严肃,就像星期天做礼拜时一样。

"却斯·山谬·强森!"派瑞丽骂他。

却斯大笑,笑声真是好听。派瑞丽也开始大笑。

"看我以后还帮不帮你煮饭。"说着,我也笑了。我的烹饪技术稍微进步了,但是永远也比不上派瑞丽。

孩子们拿着空桶去山谷那边采野菜去了。派瑞丽也喝完了杯子里的牛奶。"我想闭上眼睛休息一会儿。"她说。原本摇晃着的摇椅慢慢停了下来,很快就传来一阵轻柔的鼾声。

我的手臂和背痛得拼命抱怨。我重新在洗衣盆里注满水,让它热着,并在洗衣板上搓洗脏衣服,接着拧干、挂起来晒干。艾薇阿姨以前常说:"男人从日出工作到日落,女人却永远工作个不停。"我就是活生生的证明!

我把最后一片尿布挂好,伸伸懒腰。派瑞丽在摇椅上打鼾。我决定去找孩子们,一面走一面在心里想着写给《阿灵顿新闻》的下一篇专栏文章。

如果我吹牛说:我的追踪技巧有多好,借此暗示大家我住在荒野里,因此原始本能被唤醒,可以从一片扭曲的叶子或是一颗被移动过的石头,知道猎物逃往哪个方向;那么,我就是不诚实。派瑞丽屋旁的野草又高又密,要找出三个光脚小孩的足迹一点也不难。况且,我早已知道哪里的野菜长得最茂密。

我很快就找到那三个小家伙,他们正忙着朝溪里丢石头,并没有认真寻找野菜。

我弯腰捡起一颗平滑的黑石头。

"这种石头不适合打水漂儿。"却斯说。

"这是许愿石。"我说,"比打水漂儿的石头更好。"

"我也要。"麦蒂说。我教她怎么找到周围有一圈白色的黑石头。"许愿的时候,闭上眼睛,从肩膀往后丢。"我向她解释。

她把口袋装满石头。"留着以后用。"她说,"等我需要好好儿许愿的时候才用。"

"我喜欢这个主意。"我自己也收集了十几颗。一颗是为了播种顺利;一颗为了有好收成;两颗为了查理安全返乡;一颗为了派瑞丽的新宝宝;一大把为了成功拥有这片土地。

我抬头看,芬恩已经跑开了。"芬恩一定是小精灵变的,她好喜欢摘花。"我跟却斯说。她那双结实的小腿带着她,从一丛野花跑到另一丛野花;她用一只胖胖的小手抓着一朵压扁的野玫瑰,另一只小手抓着一朵折弯了的野百合。

"我们摘一把花给妈妈吧!"麦蒂把桶交给我,立刻跑去摘花。她和却斯摘了一大把各式各样的花朵。最后,芬恩勉强把自己的两朵宝贝花也贡献出来。

"妈妈一定高兴极了。"我用手指抚着花瓣。将来我也会从自己的孩子手上收到这样一束花吗?以前的我从没想到,自己也会希望有这一天。我伸手弄乱却斯的头发,说:"我们最好赶快回去,否则我今天就没时间炖肉了。"

国际大奖小说

芬恩把她沾满花蜜、黏黏的小手塞进我的手里。我提起一个桶,却斯提起另外两个。"我得抱慕丽。"麦蒂这么说。

我们慢慢地走回去,同时注意着那两双小腿是否跟得上。我深深地吸了口微甜的空气,这让我想起在狼点刚下火车时闻到的气息。像派瑞丽这种实际的人会说:这只是野草被春天的太阳晒热的香气。可是不仅如此——这是家的香味。我的归属。

我在日历上做记号已经长达五个月了。查理若是知道我在这五个月里都做了些什么,一定很吃惊吧?感觉上,我亲手——卡尔帮了些忙——筑了好几里的篱笆。很快就得播种了。到了秋天,我就有亚麻和大麦可以收获。到了11月,查斯特舅舅的农场,也是我的农场,即将满三年;我也会达成每一项要求。到了1919年,我会拥有新的人生——我将不再是四处为家的海蒂,靠着亲戚接济才有地方住,而是海蒂·伊尼斯·布鲁克斯,拥有广阔天空的海蒂——我给自己加上一些浪漫色彩——拥有家园的海蒂。

"海蒂。"麦蒂拉拉我的衣服,"是打雷吗?"

我摇头甩掉白日梦。"我没听到……"低沉的巨响从脚趾传来,"这是什么?"

脚下的土地震动起来,声音湮没了我们。

"马!"却斯的脸色忽然发白,"野马!"

他一说完,我就知道他说对了。我可以想象一群嘴角淌着白沫的野马正朝我们狂奔而来。"公野马可以咬断马的脖子。"公鸡吉姆曾经这么警告我。一想到野马会对小孩做出什么可怕的事,我就胆寒。

"我背你。"我跟芬恩说,一面把她拉上我的肩膀,接着抓住麦蒂的手,"我们必须跑快一点儿!"

花、草、桶都不管了,我们跑过草原,手牵着手,整个队伍看起来像一条滑溜的蛇。大地正天崩地裂般地震动着。

我转头看到它们了。一大群马,已经接近溪的另一边,很快就会追上我们了。

领头的公马带着马群逐渐接近我们,母马们都跟着它。我把芬恩交给却斯。"回家去。"我命令他。

"海蒂……"他开口似乎想说什么。

"快去!"我大叫。他们开始跑了起来。我想到口袋里的石头。它们可以用来对付小男孩和狼,可是对付野马一点儿用也没有。我完全不知道该怎么办。但是我不会让这些野马渡溪的,不会让它们伤害这些孩子。我一转身,裙子立即随风飘扬。我记起派瑞丽说过:晒衣绳上的衣服吸引了羚羊。或许,衣服对神经紧张的马会有相反的效果。

海蒂的天空

我扯下裙子和衬裙，只穿着内裤，开始像发狂的鸟一样挥舞。公马在溪边站住了，马群也一起停了下来，一面嘶叫，一面踏蹄，看着它来回踱步。

"嘿啊！"我挥舞着裙子大叫，跳来跳去。公马浑身颤抖，鼻子哼着气，一脚高高抬起踏入溪水里。"嘿啊！"我大喊着，一双手臂上下挥动，像魔鬼附身似的转个不停。

公马低下头，巨大发亮的背肌不断地颤抖。它退了一步，接着又退一步。

衣服像翅膀一样在我手上飞舞。"退后！退后！"我往前走。公马又往后跳了一步，停下来看着我。它会以为我是什么生物啊？希望它觉得我很可怕。我又往前一步，用力挥舞手上的衣物。它的头猛然一转，接着转了个身，在溪对岸踱步踢腿。然后，它摇摇巨大的头，带着马群往相反的方向奔去。

我瘫倒在地，整个人都累坏了。地上有个什么东西刺痛了我的尾椎。我挪开身体，在地上摸索。原来是一颗许愿石。我刚刚乱跳乱叫的时候，这颗石头从口袋里掉了出来。到底是因为许愿石，我的疯狂行为，还是上帝的奇妙安排，让野马转向了呢？谁说得准啊！一旦明白危机有多么严重，我的急促呼吸立刻变成了哭泣。如果派瑞丽的孩子发生了什么事……我用衬裙擦着眼睛。没时间想这些根本就没有发生过的事了。我摇摇头，抓着破了的衣服,走向派瑞丽的屋子,先收了晒干的衣服,才开始做晚饭。那天晚上回到家、脱衣服的时候,许愿石掉出了我的口袋。我把它们摆在厨房桌上——提醒自己,愿望可以成真——并点燃煤油灯,写完我的《垦荒家庭》。

总而言之,我心怀感激。阿姨总是告诫我:淑女出门时,至少要穿一层衬裙。我的内衣拯救了我和那三个孩子。看样子,这个季节不只是种亚麻和大麦的时节——我不但种了农作物,也种下了友谊的种子。

接下来的星期日,我出门上教堂时,特地绕到派瑞丽家,看看新谷仓盖得如何。前阵子,路德教会的萨兹牧师举办了一次建谷仓大会。那天,我还亲手钉了些钉子呢。看着一座新谷仓从废墟中站起,真是令人感动。最感动的是,整个维达镇的居民都来了;防卫委员会的人没来,但是其他人都来了。他们不是亲手帮忙,就是在一旁提供意见。奈夫吉太太感冒不能来,托人带来三个葡萄干派。派瑞丽整天都忙着擦眼泪,卡尔则一直摇头。"足够撑到收成以后了。"公鸡吉姆欣赏着一整天下来的工作成果,说,"到时我们再盖屋顶。"

回想那天的情景,我不禁也摇头感慨个不停。回过神后,我转了个弯,一眼就看到派瑞丽穿着她最好的衣服,牵着女儿们的手,却斯跟在她身后。我吓了一跳。

"你要去哪里?"我问。

"上教堂。"她一副不想被人问的表情,"你坐在我旁边,说定喽。"

"一定,一定。"我回答。

派瑞丽的手臂紧紧穿过我的手臂,我们一起走过各种野花丛,轮流抱着芬恩。麦蒂和却斯像小牛似的跟着我们,途中还不断被蝴蝶、虫子或新开的百合花吸引。

穿过平坦的草原就可以看见教堂,它看起来像一艘航行在野草海洋中的救赎船。教堂越来越近了,派瑞丽也抓我抓得越紧。走到教堂前门时,我的手臂简直就快被抓断了。

麦蒂和却斯被沙波家的孩子拉去上主日学校。我抱着芬恩,带着派瑞丽坐在后排的椅子上。椅子摇晃了一下,我们用粗糙、长茧的手掌抚平裙褶。

"让我们祈祷。"特迪牧师带领大家祷告。

我看看派瑞丽。她紧紧闭着眼睛,眼睫毛都消失了。她的前额有一道皱纹。我伸手去捏她的手,一、二、三。派瑞丽睁开眼睛,我朝她挤挤眼。她笑了,皱纹随即消失。

"请打开圣诗,翻到第九十七页。"特迪牧师再次站了起来。"

马丁太太在老旧失修的直立式钢琴上敲出音符,合唱团五音不全地唱着。会众们试着跟上。真是痛苦,即使是我也受不了。

一个温柔、充满自信、天使般的声音忽然扬起,让这些乱七八糟的声音有了方向。

我停下来聆听。是派瑞丽的歌声。

另外几个人也停下来,抻长脖子,想找到小教堂里唯一的真切歌声。我骄傲得几乎快爆炸了。

"你的声音有如天使。"礼拜结束后,特迪牧师跟派瑞丽握手,并告诉她,"如果你能参加合唱团就好了。"

派瑞丽的脸亮了起来。她还没开口,马丁太太就说话了:"我们的女高音人数已经太多了。"

"可是……"特迪牧师说。

"我很感谢您的邀请,牧师。"派瑞丽拉紧身上的披肩,"可是宝宝快出生了,我没办法来。"她走下阶梯,我紧跟在后,把芬恩从一边换到另一边抱着。马丁太太走在我们身后,一张脸像梅子干儿似的皱成一团。特迪牧师待会儿铁定会被教训一顿。

派瑞丽和我叫着孩子们。

"她真可怕。"我说。

派瑞丽耸耸肩膀。"唱歌真的很开心。"她有些懊恼地说。

"宝宝生下来以后,还有很多时间决定。"我说什么也要让派瑞丽参加合唱团。或许我可以威胁她们说:"如果不让她参加,我就要参加!"

她再度挽起我的手臂。我们一路闲聊走回她家。孩子们在我们前面跳来跳去,玩着某种复杂的游戏。派瑞丽要我留下来一起吃饭。"只是随便煮煮而已。"她不好意思地说。

"你随便煮煮,也比丽池大饭店做得好吃。"说着,我又帮自己添了一些鸡肉和面条。

她露出害羞的微笑。"一顿饭能吃得开心,是因为客人,而不是菜。"她站了起来,"我去拿咖啡。"

"坐着。"我帮我们三个大人倒咖啡,一起坐着聊天。我几乎可以完全了解卡尔说的话了,他的话混杂着德文和英文。他提到紫罗兰最近养成的坏习惯,让我们大家笑翻了。它好像变成了一只羊,老是想吃卡尔的裤子。

"停,停!"我的肚子笑得好痛,可是感觉真好。好情绪围绕着我,陪伴我一路到家,甚至连晚上干活儿时都开心不已。

第十四章

人生就像咖啡一样混浊

1918年5月

阿灵顿新闻

垦荒家庭——养鸡人家

我没念完高中,但是垦荒生活继续提供我不可或缺的教育。我学到:好邻居是无价的。倒不是因为人家帮我,我才珍惜他们。若不是邻居帮忙,我不可能看到如织锦般的亚麻和大麦田,我也无法得到新的家人。

垦荒生活让我明白:关怀别人比种田重要,原则比黄金重要,正确的选择比流行的选择重要。

在狼溪旁和野马对峙后,又过了两个星期,我自己去了一趟维达镇。弥顿伯格先生给了我一张支票,我得去兑现,同时也希望有我的信。自从火灾过后,绥夫特就不再帮我送信。如果再也见不到那个人,正合我意。

很高兴的是,我发现自己不是路上唯一的人。

"莉菲!"我喊着走在前面的人影。她立刻转身,等我追上去。

"你又在草原上跳着那些可笑的舞步吗?"她微笑着。

"派瑞丽跟你说了!"

"亲爱的,那么棒的故事不能藏在桶底下啊。"莉菲摇摇头,"你不会想知道那匹公马认为你是什么吧?"她咯咯笑了。

"你去镇上做什么?"我决定换个话题。

"噢,这个那个一堆事情。"她拍拍背包,"也帮卡尔办点儿事。"

"他播种播好了。"我避开一丛野百合,"他还在忙些什么?为什么自己不去镇上办事?"

她想了想,说:"也是啦,可是……他说他不想让派瑞丽一个人在家,而且……"她的声音渐渐变小。

我加快脚步。"而且什么?"莉菲比我大二十岁,可是看她走路的速度,你绝对猜不到。

"防卫委员会又在胡闹。马丁家的人和他们的蠢朋友让整个郡都紧张了起来。你知道吗?他们上星期打断路德教会的聚会,还要罚萨兹牧师的钱。绥夫特还说下次要抓他去坐牢!"莉菲摇着头,"如果上帝能管管这档子乱七八糟的事,我就要呼救了。"

"所以卡尔不进城去?"我浑身颤抖。

"派瑞丽要他别去。"莉菲从她身上的男式衬衫口袋里掏出烟草,利落地卷了支烟,接着点燃,"她也叫他不要去路德教会,可是他不肯。"她剔掉舌头上的一根烟丝,"那个人啊,以前从来不去教会,现在有麻烦了,他反而决心要去。"

我们转了最后一个弯,维达教堂立刻映入眼帘。我想到特迪牧师上次的讲道:在家乡打赢这场战争。"他们不会伤害教堂里的人吧?"

"他们才不管呢。"莉菲不耐烦地抽了口烟,"你听说过艾德华·福斯特吗?他们几乎把那个可怜的老头子整死,原因不过是:他说有太多乡里子弟死在战场上。他还是退役军人呢。"莉菲停下来,松开鞋带,"石头。"她一边抱怨,一边倚着我抖抖靴子。没有东西掉出来。她看看靴子里头,又抖一抖。"这就好比想在那个可笑的防卫委员会里找个像样的男人,一个也没有。"她被自己的笑话逗笑了,又穿上靴子。

"你不应该开这种玩笑。"我四下看看,"如果有人听到怎么办?"

她哼了一声,"就让他们来抓我啊。"她拍拍我的手,"听着,世界上还有比马丁兄弟发火更糟糕的事。最糟糕的就是看着别人做错事却不管。"她的思绪似乎飘到了别处,"难道只因为利木尔·强森是百分之百的美国人——不管那到底是什么意思——就比较受人尊敬吗?"她转身正视我的脸,"你倒是说说看,那些笨蛋欺负卡尔,只因为他在别的地方出生。你认为我应该保持沉默吗?"她死死地盯着我的眼睛。

我想起过去一个月发生的一切。"不,不是保持沉默,可是……"我不再往下说。

"你有没有把我的话听进去?"她像老母鸡整理羽毛那般抖抖身子,"居然被这些癞蛤蟆气成这样。真抱歉,海蒂。我们去查理·梅森的店里吃派、喝咖啡吧。"

我不懂,一个人要怎样才会变成像莉菲这种人,或是绥夫特那种人。他们总是知道什么才是对的。或许等我到了莉菲这年纪,这些事情在我眼里也会像玻璃一样透明吧,就像她现在这样。此刻,我觉得人生就像查理·梅森店里的咖啡一样混浊。

"想一起走回去吗?"莉菲舀起最后一口奶油派,"一个小时后在这里见?"

我同意,并付了派和咖啡的钱,留下五分钱当小费。我得去奈夫吉的店一趟,邮局也在同一个地方,就和他那间泥土屋相连。

一走进店里,奈夫吉先生立刻跟我打招呼:"有你的信。"

"谢谢。"我翻翻信封。感谢上帝,有一封是《阿灵顿新闻》寄的,这表示我可以买些东西了。"我需要一袋豆子。"我说,"还要一些煤油。"

奈夫吉先生把我的东西放在柜台上。"你那边的情况如何?"

"很好。"我打开皮包,"您该看看我的田地,绿油油的。"接着,我取笑自己:"从来没想到,欣欣向荣的农作物竟然可以这么振奋人心。"

"我总是看不厌。"他说,"等你看到亚麻开花就知道了。虽然我从未看过海洋,但我相信海洋绝对不会比亚麻田更蓝。"

"好期待啊。"我把钱递给他。

奈夫吉先生清清喉咙,说:"海蒂,我很不想提起这件事,可是查斯特还欠了一笔账呢。"

"欠账?"我的手僵在皮包上方。

他点点头。"还欠篱笆的钱。"他在柜台下头找了一会儿,拿出一张纸。是赊账证明。我看了看。

"两百二十块钱?"我扶着柜台,试着站稳,"他一毛钱也没付吗?"

"他生病了,我不想催他。"奈夫吉先生清清喉咙。

我在皮包里乱翻。两百二十块钱!"对不起……我没办法一次付清。"我数了数钞票,把钱放在柜台上。

他并未伸手把钱拿走。"我应该早点儿告诉你的。"他看起来跟我一样难过,"我知道目前的情况不好,但是银行催我收账。"

"谢谢您,奈夫吉先生。"我麻木地走向前门,"我会尽快付清。"

我昏沉沉地穿过前门。要不是心里还震惊不已,我可能会注意到跟我擦身而过的人:绥夫特·马丁,并且给他脸色看。

他夸张地碰碰帽子,对我行礼。"日安,布鲁克斯小姐。垦荒者今天过得如何啊?"

"很好,谢谢。"我把包裹抱在胸前,继续往前走。想想看,两百二十块——我还剩下多少钱?

"你要去餐厅吗?"他跟上我的脚步,"我陪你去。"

"噢,不用了。"噢,天啊。我想象着自己的账簿。还有钱付捆工吗?打谷机呢?还有装谷粒的袋子?奈夫吉先生会希望我怎么付清?我得去狼点把银行里所有的钱都领出来吗?

"别客气。"绥夫特微笑着,"你还好吧?"我需要贷款吗?卡尔不赞成借钱,可是……

"海蒂?"

"什么?"我发现他走在我身边。我走得更快了。

"我好久没看到你了。"他说。

他的话让我顿时清醒。他说他好久没看到我了;可是我看过他,还有他做的好事。

"对于一个矮个子女孩而言,你走的路真多,而且走得真快。"他把手放在我的手臂上,让我放慢速度,"有什么事情让你想逃避我吗?"

我无法相信他如此无耻。"有什么事情?什么事情?"

他伸出手,手掌向上摊开,一副要我解释的模样。

虽然避免冲突总比接受挑战好,但是莉菲一路上跟我说的话犹在耳畔。这人好大的胆子。难道他除了可恶,还很愚蠢吗?

"我看到你了。"

"看到我?"

"火灾过后,在我家。"

绥夫特的身体瞬间往后一震,仿佛被我打了一拳。"你误会了。"

"别说你不在那里。"我的手握成了愤怒的拳头,"别在做了一连串的坏事后,又替自己加上说谎的罪名。"

"我没有说谎。"他的语气不再咄咄逼人,"我的确去了你家。可是我是去防止另一场火灾发生,而不是去纵火。"

"纵火?就像你在卡尔家所做的那样吗?"不管我的声音抖得多厉害,我也要把这些话说完。

绥夫特伸手阻止我继续往下说。他的眼睛看起来很哀伤,是真诚的哀伤。"不是我放的火。是……"他不再往下说,"解释也没用。看你的脸,就知道你不相信我。"

他声音里的哀伤缓解了我的愤怒。"不,请你解释。我直接断定就是你,没有……"我的话被一个男人的恐惧叫喊声盖了过去。

"哇,哇,停下来!"

我们转身看看到底发生什么事。公鸡吉姆骑着一辆全新的脚踏车,闯进大街正中央。

"当心!"我大声警告。他似乎直直朝着餐厅冲过去了。

"拉刹车!"绥夫特追上去。"刹车!"其他人也追上去,喊着各种建议。

公鸡吉姆并未把任何人的话听进去。他叫得比紫罗兰被狼咬到时更大声。他冲过来冲过去的。莉菲刚从戴先生的店里走出来,差点儿被他撞倒。

"吉姆,你这个笨蛋,你在干吗?"她大吼。

"我想把这个鬼东西停下来啊。"街道坡度突然变陡,吉姆的速度开始加快。齐林杰太太及时跳出来拉开小艾德华。

"呀呼!"公鸡吉姆叫着。他的脚离开了脚踏板,脚踏车直直冲向葛斯特·崔夏特的铁铺。

绥夫特跑得更快了,他想让公鸡吉姆停下来。

葛斯特走出店门口，很快就明白发生了什么事。"对准稻草堆。"他喊着，并用力挥舞手臂，仿佛可以帮公鸡吉姆骑到铁铺后头的草堆里似的。

绥夫特不追了。他大口喘着气，靠在葛斯特前面的一根柱子上。"他会一路滑到圆环镇去。"他说。

公鸡吉姆用力一甩，硬是让脚踏车转向，对准草堆冲了过去——砰！他和脚踏车一分为二，各自飞往不同的方向。

莉菲和我抓起裙子跑到他身边。稻草乱七八糟地插在他的乱发上，甚至连胡子里也插了根稻草。

"吉姆！"我头一个跑到他身边，"你还好吗？"

莉菲捧起吉姆的头。"吉姆？"她拍拍他的脸。终于，他自己摇了摇身体。

"我再也不会用一头猪换脚踏车了。"他嘟哝着站起身来，扶起那辆有轮子的怪物。"这东西简直……简直是……"他吐出嘴里的稻草和泥巴，"毫无用处。"虽然闹了这么个笑话，他推脚踏车离开时还是充满尊严，头抬得高高的，背挺得直直的。

葛斯特捡起吉姆忘了拿走的帽子。"给我吧。"我说，"我们很快又会在一起下棋。"我小心地用两只手指头夹起帽子。还好我买了煤油，可以把吉姆的帽子泡在煤油里，杀光所有的床虱。

"哈,这比任何电影都好看。"莉菲说着,挽起我的手臂,"走吧,女孩。我们用这双缓慢但可靠的脚走回家吧。"

走了一段路后,我才发现刚刚跟绥夫特说话说到一半。他真的跟卡尔家的大火无关吗?他的神情那么真诚。我不知道应该怎样去判断了。

莉菲一路说个不停,我不怎么需要开口。我满脑子全是从镇上听来的消息。我一直很感激查斯特舅舅备好了篱笆材料,只是他忘了一个小细节——付账。如果我为了这件事不开心,就显得很小气,毕竟他已经为我做了这么多。可是,那张赊账证明终究还是个苦涩的意外。我什么时候才能不用再为钱担心?

我甚至不记得是否曾经跟莉菲道别。跟她分开后,我完全沉浸在自己的思绪里。猛然发现自己已经走到院子里时,我吓了一跳。在台阶上,胡须先生正蜷在那个种有向日葵的咖啡罐旁。我心里一直想着绥夫特。可以相信他吗?还是说,这场战争引发了他心底的痛处,让他扭来转去地想接触阳光,就像这些向日葵一样?我弯身挠着胡须先生的耳后。"猫咪没有人类那么复杂。"我说。胡须先生也呼噜噜地表示同意。

脚踏车事件过后,又过了一星期,公鸡吉姆始终没有来访。篱笆完工了。真不敢相信,居然完工了!这是垦荒条件里很重要的项目,我做到了。"我无法想象你的飞机有多大,"我写信给查理,"但是我猜我的篱笆足够把飞机围上好几圈。"我用手遮挡阳光,欣赏自己完成的艺术品。一共四百八十杆,有可能是蒙大拿最棒的篱笆!大概不是最棒的,可是在我心目中确实是最棒的,因为每一寸——除了我的篱笆精灵帮我架设的那一小段之外——都是我亲手搭建的。

我得好好儿庆祝才行。我决定把帽子拿去给吉姆,当作庆祝的方式。简单梳洗过后,我立刻出发。

他的家相当显眼,很难视而不见。一到那里,最先映入眼帘的就是他那头宝贝猪,他让这头猪在牧场上蹒跚游荡,就像别人在草原上放牧牛或马一样。我所遇见的每位牛仔都喜欢谈论老吉姆为什么会这么宠他的猪。看到了猪,接着就会看到那棵鬼树,风和时间让整棵树褪成白色。这棵可怜的树现在成了地标,情侣们在树干上刻上自己的名字。从鬼树这头,可以看见吉姆用草皮和泥巴砌成的小屋——至少看得见屋顶,屋顶上长了一棵樱桃树。吉姆认为,全蒙大拿州用来做派的樱桃,就数这棵树上长的樱桃最好。很难说他错,这附近没有多少樱桃树,何况还是从屋顶长出来的。或许,到了7月4日国庆那天,我们在狼溪野餐时,就可以吃到樱桃派了。

一走近屋子,我忍不住大笑起来。脚踏车就种在花园里,吉姆帮它找到了用途——四季豆的棚架。

"嘿,邻居!"公鸡吉姆原本在花园里拔草,他对我挥挥手,呻吟着站直身子。"星期天出门散步吗?"他笑了,明明知道今天是星期三。

"我的篱笆完工了。"我说,真应该拿喇叭好好宣布,"我想散步庆祝一下。天气越来越热了,你可能需要你的帽子。"我把帽子递给他。

他接过帽子,戴在头上。"跟那个怪物大战一回合后,我就找不到帽子了。"他咯咯大笑,闻了闻空气,"哇,真棒,春天的微风闻起来像刚出炉的面包。"

我拿出从家里带来的包裹。"我现在终于学会烤面包啦。"我说,"这些面包不用先泡水就可以吃了。"

吉姆大笑着说:"这么好吃的面包,我应该拿什么交换呢?"

"噢,不用啦。"我说。

"我去海蒂·布鲁克斯的农场好几次了,看到了一个非常可怕的景象。"他说。

"真的?什么景象?"

"世界上最可怕的景象。"他摇着头,"一座没有母鸡的农场。"

"噢,我打算在收成之后买几只来养。"

"那你一整个夏天都没有鸡蛋可吃。"他带我到他的养鸡场,指着三只瘦小的母鸡,说:"这是玛莎、萝丝和琼。它们得吃胖一点,我也想少养几只鸡。你有兴趣给它们一个新家吗?当然啦……"他指着一只漂亮的白色来亨公鸡,"亚伯特也一起去。"

我再也不用把鸡蛋当作珍珠似的省着吃了!我几乎可以尝到早餐的炒蛋滋味;晚餐也炒蛋;做蛋糕时也可以放个鸡蛋提味儿。"噢,好啊!"

公鸡吉姆利落地把三只母鸡和它们的伴侣赶到一处。他把它们装进麻袋里,四只鸡刺耳地咯咯叫个不停。"你提得动吗?"他问。

"希望提得动。"袋子扭来扭去的,好像装满了蛇。

"它们是好母鸡,很快就会下蛋。"吉姆弯腰捡起刚才抓鸡时飞走的帽子。

我拿着奖品踉跄着走回家。一放下袋子,胡须先生立刻喵喵叫着表示赞许。"你想都别想。"它还是我最不用担心的麻烦呢,我更怕野狗和老鹰来抓我的鸡。查斯特舅舅做好了鸡笼,但还没围上篱笆。我忍不住笑了,我还以为再也不用围篱笆了呢!

我把家里的新成员放进屋子里,迅速关好屋门。等一下再清理它们的粪便吧。现在我得让它们安然无恙,才有时间把鸡场围起来。谷仓里还有一卷铁丝网,这是查斯特舅舅留下来的最后配给。感谢上帝,这卷铁丝网

183　海蒂的天空

已经付清了,我的预算再也禁不起更多意外的支出。

虽然我的动作缓慢,但是长期练习下来,我已经成为一个很会筑篱笆的工人。这次的工程比较困难,因为必须挖得更深,才能把铁丝网的底部埋起来,以免饥肠辘辘的动物钻进去,像是臭鼬啊什么的。我没吃晚饭,持续点灯工作,终于把整座鸡场围好。我的手指头冒出了水泡,但我根本无暇顾及。等鸡笼整理好,就得准备迎接新房客了。

由于没吃晚饭,我的胃开始抱怨,背也呐喊着想躺下来休息。然而,我终于有了一座像样的城堡可供这几只鸡居住。萝丝不高兴地咯咯叫个不停,它循着撒在地上的谷粒走进新住处。玛莎、琼和亚伯特也跟着走进去。我摆了个旧盘子当水盆,赶紧关上笼门。

我累得无法做饭,便吃了一碗炖肉,并把面包撕成小块,浇上温牛奶和糖浆。

成为养鸡人家的第一个晚上很快就过去了。亚伯特非常坚持地通知大家:第一缕曙光已经到来——好早啊。我立刻起床干活儿,比平常起得还早。其中一项新工作是让鸡到院子里放风。胡须先生和亚伯特交手过一次之后,就明白最好不要再奢望任何鸡肉大餐了。

接下来这几天,我每天总是充满期待地去鸡笼探查。可是,每天早晨,我只看到玛莎、萝丝和琼在一堆破蛋壳上整理羽毛。这些家伙似乎对孵蛋一点儿兴趣也没有。照这样子看来,我永远不会有更多的鸡。

我的运气不错,隔了几天,公鸡吉姆就来了。

"过来看看你和这些鸡相处得如何。"他说,"看得出来,亚伯特马上就喜欢你了。"

我倒不敢说我喜欢亚伯特。我的黑眼圈就是这只固执公鸡清晨啼叫的成绩。很不幸的,如果我想扩大鸡场的规模,非得靠它不可。

公鸡吉姆察看了我的围篱。"哇,即使安德鲁·卡内基花光了所有的钱,也盖不出这种水准呢!"他用力拍拍我的背。"但是,这些母鸡显然不怎么合作。"

今天早上至少有鸡蛋可吃,起码蛋没破掉。"我没办法叫它们孵蛋。"我说,"我不知道该怎么办。"

公鸡吉姆点点头。"想养鸡,就得狠下心。"他说,"你看着。"吉姆很快就把鸡都赶进鸡窝里了。他在每只鸡的腿上系了一条细绳,绳子的另一头绑在墙上的钉子上。由于绳子够长,每只鸡都可以下窝去吃东西和喝水。"今天晚上,你用桶罩住每一只母鸡。它们就会乖乖待着。"公鸡吉姆说完后,往后退了一步,欣赏他对鸡窝所做的改造工程。

"这样不会吓到它们吗?"我问。

"不会。"他顺了顺垂在宽阔胸前的胡须,"如果这招没用,可以用接雨水的桶试试。"

"装蛋?"

"不是,是用来装母鸡。如果罩上桶还是没办法让它们孵蛋,就把它们丢进装雨水的桶里,浸它们一两回再放它们走。绝对有效。"

我邀请公鸡吉姆进屋吃饭。我们安静地吃着。他所说的究竟是不是开玩笑?我今天晚上会试着用桶罩住它们;如果这招不管用,就不知道还能怎样了。我可不想用水浸我的鸡。

第二天,玛莎和琼都乖乖待在窝里了。它们立刻明白自己有任务在身。萝丝像紫罗兰一样顽固,它就是不肯孵蛋。转眼又是一个星期。

亚伯特又在唱起床号了,我没睡够,情绪很不好。看到萝丝窝里又是一堆碎蛋壳时,我再也受不了了。我像野狗一样迅速地抓起它的脚,冲到雨水桶旁,把它头下脚上地浸到水里:一下、两下、三下。我让这只母鸡好好儿洗了一番。

第三次把它拉出水面时,它不怎么动。我一放手,这只鸡立刻倒在地上。

"噢,天啊,我杀了它!"我太激动了,没注意到胡须先生正悄悄接近。它可能认为谁都可以吃一只溺死的鸡吧。我在围裙上擦着手,同时咒骂自己的愚蠢。我真不该听信公鸡吉姆的话。毫无疑问,他所说的最后绝招一定是在和我开玩笑,害我平白无故损失了三分之一的母鸡。我靠着雨水桶,伤心不已。

　　胡须先生越走越近。我并未赶它走,所以它大概认为自己可以享用一顿美味的鸡肉大餐吧。一听到它喉咙深处发出的狩猎咆哮,我立刻清醒,大喊:"胡须先生!不可以!"

　　太晚了,它已经扑了过去。

　　很不幸的,就在胡须先生扑上去的那一刻,萝丝刚好苏醒。这只鸡马上用尖锐的喙反击,猛力一啄,正中猫咪柔软的肚子。

　　"喵!"胡须先生直直跳了起来,冲到桌子底下去舔伤口。

　　萝丝挣扎着站起来,酒醉似的转来转去,踉踉跄跄地朝鸡窝走去。亚伯特叫着庆祝它起死回生。萝丝一跳进窝里,就蹲了下来。后来它证实自己的确很会下蛋,更会孵蛋。不过那是我最后一次用水泡鸡了。

亲爱的海蒂:

　　终于又收到你的信了。实在无法想象你都在忙些什么,怎会没时间给老朋友写信呢?

　　你啊,过着那般平静的农耕生活,大概会受不了我

国际大奖小说

们在这里的行程。我们到处行军。我的新人生目标就是让我的靴子和脚都保持干燥。我不得不说,我对法国的好感正逐渐消失。我从未打算在这里做客这么久!我怀念我的书、家人和朋友。告诉你,从军绝对没有看起来那么棒!听说今晚会供应热饭和淋浴。

有些人更惨。还记得哈维·布罗奇吗?听说他死了。阿灵顿已经有十二颗金星挂在窗户上了。真希望我们能尽快结束任务,不要再有更多牺牲。

全身泥泞、疲惫不堪的朋友
查理

我提笔回信。

亲爱的查理:

听到哈维的噩耗,心里真难过。

我放下笔。哈维。我想起辛普森老师收到哈维用木头刻的苹果时,是多么骄傲啊。哈维做事总是心平气和。他对脑筋有问题的弟弟充满了耐心。我还记得,哈维从军的第一天,他的妈妈就把军旗挂在窗口了。我仿佛可以看到——白色的底,红色的边,中央有一颗蓝色星星。现在,金色星星取代了原本的蓝色星星。我为布罗奇的家人感到难过,也为我自己难过。

我继续写信给查理,什么都写,就是不提战争。最后我写道:

请好好儿照顾你的靴子,让它们保持干燥。请好好儿照顾穿靴子的男孩,让他平安无恙。

永远不变的
海蒂

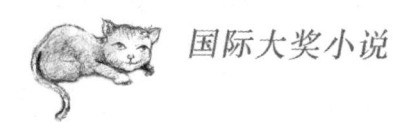

第十五章

明年之地

1918年5月15日
蒙大拿州维达镇西北方三里处

亲爱的郝特叔叔：

真希望您能亲眼看看我的田。我从来都不知道绿色可以这么美——毕竟我从未拥有属于自己的农场。公鸡吉姆说，一切迹象都表明收成会很好。希望如此。我的积蓄所剩不多，再也禁不起任何花费了。

您问我关于邻居莉菲·波尔威斯的事。她的动作很粗鲁，但是不吝于帮助别人。莉菲来自芝加哥，依照派瑞丽的记忆，她一直住在维达镇。莉菲养了一些牛，还懂得训练马。公鸡吉姆说莉菲是最棒的驯马师。有人还远从哈威尔过来找她驯马呢。她很懂得治病疗伤，这真的很棒，因为距我们最近的医生住在离狼点三十里远的地方。我感冒时，她泡了些药茶给我喝，病马上就好了。前

几天,有个男孩跌断手臂,我还充当她的助理呢。

想念您的
海蒂

"谢谢你跟我做伴。"莉菲把提在左臂上的篮子换到右臂。

"我帮你提一会儿吧。"我说。她把篮子递给我,揉了揉肩膀。

"要变天了,我的骨头可以感觉得到。"她抬头研究蓝天,"随时都会下雨。"

"作物倒是需要雨水。"我也抬头看看天空,却不知道该从哪些迹象判断。

莉菲把手伸进口袋拿烟草。我已经习惯看她吞云吐雾了。温暖的烟草会让我想到郝特叔叔。

"可以绕点儿路吗?"我们正打算去拜访派瑞丽。她咳得相当严重,尚未复原。

"去哪儿?"

莉菲指着一里外的小山丘。"我想去看看梅波·任过得好不好。"她摇摇头,"梅波有六个孩子,其中四个不满六岁。最大的那个——小艾尔莘——非常顽皮,什么都不怕,做事没什么大脑,简直就像个没有放三明治的野餐盒似的。"说着,她笑了,"去年夏天,他决定要看看猪到底会不会飞,差点儿跌断脖子。他带着他老爸艾尔莫的小猪崽,从谷仓的屋顶上跳下来。"

我也笑了。"这让我想到却斯。上次他在我家帮忙洗碗时,一直说他以后要发明洗碗的机器,我听得耳朵都累了。"说着,我赶走一只不停在耳边飞绕的绿头苍蝇,"当然喽,像却斯那种孩子,一定做得到。"

"那个男孩真是聪明。"莉菲小心翼翼地走下山谷。

我们两个安静了一会儿,心里想的一定都是同一件事。你可以把道森郡所有的男孩都找来,却没有一个像却斯那么聪明。但是自从故事书事件发生之后,他就不肯上学了。派瑞丽怎么求他都没用。我也劝过他。"我在家学得更多。"他说,"我自己学啊。"关于这一点,他可能说对了。然而,只要想到一个小男孩居然被一群臭小子逼出学校,我就相当不安。

"看到艾尔莫的屋子啦。"

任家的屋子比我的大,看起来有好几个房间。再走近一看,原来是三栋垦荒屋舍连接成的,这是我看过的形状最古怪的屋子了。屋子才刚上完新漆,窗户还挂着花布窗帘。

梅波·任像只燕子似的,我们一到,她就轻盈地到处走来走去。"梅波,坐下来,喝你的咖啡吧。"莉菲责备她,"我们不是来接受款待的。"

"已经有好一阵子没人来看我了。"梅波说着,让我们看看她为了参加农展会正在缝制的拼被。

"派瑞丽和我也忙着缝拼被。"我说,"是做给宝宝的。"我欣赏着梅波细密的针脚,以及独特的图案设计,"我从没看过这种图案。"

"我发明的。"她回答,"这让我想到麻鹬的羽毛。"

"真的很像。"莉菲说,"一定会得蓝带奖的。"我也点头同意。

梅波露出害羞的微笑,伸手拿起咖啡壶。"还要咖啡吗?"

莉菲用手遮住杯子。"不用了,谢谢。我们打算去看看派瑞丽。"莉菲拍拍篮子,"我帮她做了些艾草茶和一些落叶松糖浆。"

梅波包了一些小面包和培根。"请把这些带给她。伯尼斯生病的时候,她对我们真好。"

门外忽然传来一阵喧闹。梅波转头看看窗外。"艾尔莫!"她丢下要给派瑞丽的包裹,跑了出去。

"那个小鬼又干了什么好事?"莉菲也跟着跑出去。我赶紧跟出去看看。这次并不是小艾尔莫又惹了什么麻烦。老艾尔莫、派顿警长和一个我不认识的陌生人在院子里争论不休。

"得了,艾尔莫。"警长大吼,"你知道你必须登记入伍。"

"我有家庭和农场要照顾。"老艾尔莫也吼了回去。

"很多人还不是跟你一样。"警长回答,"可是法律就是法律。二十岁到三十一岁的男子都得入伍当兵。只要有人抗令,我必须立刻逮捕。"

"我三十二岁了。"艾尔莫说。

"你登记投票时说你二十九岁。"另一个人说,"那是两年前的事,一九一六年。"

派顿警长吐了一口烟草汁,正好落到艾尔莫的靴子旁。"我只念完六年级,可是连我也知道二十九加二是三十一。"

"我有家庭,而且我太太产后体力还没恢复。"

"艾尔莫。"梅波站在前廊喊他。

艾尔莫转身看她。"梅波,进屋去。"就在这个时候,两个男人立刻滑下马背抓他。

"放开他!"小艾尔莫挥舞着手上的铲子,从谷仓冲了过来,"放开我爸爸!"

"小子。"警长说,"站住。我们只是想带你爸爸去镇上罢了。"

"放开他!"男孩冲过去,在空中挥舞着手上的武器。

"儿子!"他的父母同时大喊。

"把铲子放下来!"他父亲发出命令。

"爸爸,别走!"小艾尔莫放下手中的铲子,"拜托!"他对着被绑住双手、抬上警长马背的父亲伸出手臂。

艾尔莫坐得直直的,一双眼睛始终没有离开梅波。马匹一转身,这行人就离开了。男孩疯狂地在后面追赶。"爸爸!爸爸!"

马匹越跑越快。

"儿子!"梅波慌张地喊着,"回来,听到没有?"

可是男孩跑得更快了。

"小子!"梅波匆匆跑下阶梯,追上前去,"回来。"

男孩和马匹之间的距离越拉越长。

那些人飞快地骑上山丘。男孩继续追赶,小小的手臂像引擎活塞似的上下摆动。两个骑士渐渐消失在视线之外,男孩继续追着。他在山丘上摔了一跤,一定是踩到野狗挖的洞。他摔得很惨,一路滚下山坡。

梅波终于赶到他身边,用手臂抱住他。小艾尔莫嚷得非常大声,连我们都听得见。

"听起来不太对劲。"莉菲说着,也赶了过去。我立刻抓起她的医药包。莉菲跪在梅波身边,看起来就跟那男孩一般高。

"让莉菲看看。"她说话的口气仿佛卡尔正在跟他的马——星星和乔伊——说话,要它们安静下来。男孩的哭泣渐渐变成了可怜的打嗝声。莉菲一摸他的手臂,他又放声尖叫。

"断了。"她的口气相当冷静。我把她要的东西一一从医药包里拿出来递给她。小艾尔莫的手臂很快就被包扎好了。

梅波一直抚摸儿子的头发。"你好勇敢。"她说。

"可是我阻止不了他们。"他吸吸鼻涕,"他们把爸爸抓走了。"

"不会有事的。"她弯身亲吻他的头,"爸爸会以你为荣的。"

男孩用袖子擦擦鼻子。"妈妈,他什么时候才会回来?"

梅波和莉菲彼此交换眼神。莉菲捏捏梅波的手臂。"噢,你还来不及想他,他就会回来了,就是那么快。"莉菲爽朗地说,"喜欢吃太妃糖吗?"

她问:"我有个好主意。你跟我一起做太妃糖,让海蒂陪你妈妈去拜访萨兹牧师?"

我无法相信自己的耳朵。我跟梅波一点儿也不熟,可不想蹚这浑水。如果艾尔莫本该登记入伍,那……

梅波用围裙擦擦手。"不需要麻烦布鲁克斯小姐。"

莉菲严厉地看着我。

我看看梅波,她好瘦好瘦,皮肤看起来就像湿透的白棉布。"一点儿都不麻烦。"

男孩举起被夹板固定住的手臂。"这样怎么帮忙?"他说。

"可以啊。"莉菲说,"你可以监督啊,这可是最重要的工作呢。"

男孩转头望着警长带走父亲的方向,就那样坐了好一会儿。"好吧。"

说着,他站起身来。"爸爸喜欢薄荷口味的太妃糖。我们就做那种吧。"

"就这么办。"莉菲拍掉身上的泥土,我扶她起身。

几小时后,梅波和我回来了。萨兹牧师会募款保释艾尔莫。"明天就可以把他保释出来。"牧师这么答应。

跟梅波又喝了一壶咖啡后,莉菲和我收拾东西准备去派瑞丽家。离开时,我真希望自己能说出莉菲所说的那些话。"不论如何,你有我们这些朋友。"她拿起医药包,说,"朋友就是得互相帮忙,记住这点。"

梅波点点头,转身进屋。

前往派瑞丽家的这一路上,我满脑子都是上次寄给弥顿伯格先生的吹牛文章。我刚读完一篇特别残忍的德国佬屠杀报道,因此才会写那篇文章。"每个人都该尽他的本分,"我这么写道,"纵使得离开自己的家。这点儿小小的牺牲又算什么呢?请想想那些比利时小宝宝和处在饥饿边缘的法国人吧。"要求没有名字、没有面孔的陌生人参战很容易；可是要艾尔莫·任放下一切，放下他生病的妻子、一堆孩子、拥有三百二十亩蒙大拿土地的人生……那就不一样了。

"这盘棋赢得真不开心。"公鸡吉姆把我的国王将军了，"你根本就不用心。"

"对不起，吉姆。"这些日子以来，国际象棋绝对不是我关心的事情。听说小艾尔莫的手臂愈合得很好，他父亲的保释金也筹到了。但是，才这一点儿好消息根本不够，每天都有坏消息传来。三个铁路员工被关起来了，因为他们开自由债券的玩笑。一个女人被罚款，因为她寄了二十块钱到德国给她妈妈。情况糟到连卡尔都很少离开他们的农场。人人似乎都可以在每丛野草底下找到德国间谍或叛国者。然而，仿佛这些麻烦还不够多似的，已经一整个月没下一滴雨了。我看着坐在棋盘对面的邻居，说："大概是最近这阵热浪让我不对劲吧。"我喝了一口冰茶，"作物需要雨水。"

"这里的生活就是这样。"他往后靠，用椅子的后腿撑着，"总有一堆你不需要的东西。所以，大家才把这里叫作'明年之地'，因为明年一定会更好。"他的身子朝前一晃，椅子立刻四脚着地，"等着迎接夏天吧。到时，热还不足以形容呢。我爸以前总爱说：对蒙大拿东部的人来说，地狱就好比度假一样。"

吉姆回去后,又过了一个星期,还是连一滴雨水也没有。镇上又有消息说:好几个人被控叛国。我发现大部分被逮捕或罚款的人都拥有德裔姓氏。报纸上登满了各种小启事,例如我刚刚读到的:艾尔佳和谷壮·索罗门桑星期一在城里展现了对国家的忠诚,他们帮儿子奥图买了一块钱的爱国邮票。请追随他们的榜样,并教导您的孩子——牺牲奉献和爱国情操。我忍不住怀疑,自由债券和爱国邮票是否足以让这些德国后裔证明他们的忠诚。

除了这些事情,我还十分担心田里的作物。我一整天都在巡视田地,脚下踢的是干燥的尘土。每一片尘土都加重了早已存在我胃里、不断啃噬着我的痛苦。我认识的每个农夫都猛喝苏打水,以消减胃里的痛苦。如果再不下雨……

我弯身拔起一把野草。我整天都在拔草,一桶又一桶的野草见证了我的辛劳。我带来的那瓶水在几小时前就喝光了。这时应该回家把水壶灌满才对,可是下一丛野草却仿佛讥笑我:我们会打败你的。我实在应该马上去休息一下、喝点儿水。我深呼吸,伸了个懒腰,又弯身拔草,无视于一阵又一阵的头痛。戴在头上的帽子几乎遮不了阳光,我的视线周围有一圈亮光,双手甚至开始颤抖。我又吸了口气,让脑子清醒一点儿。或许我真的该

国际大奖小说

去休息一下。是的,回到屋子里去,不要再晒太阳。我挣扎着往前走,屋子像幻影似的摇摆着。它真的离我越来越近了吗?我腿一软,整个人脸朝下地倒在一排亚麻丛里。

"布鲁克斯小姐?"有个男人在远方喊着我,"海蒂?"我感觉有人把冰凉的布放在我的额头上。

"我……没事。"如果我继续闭着眼睛、一动也不动的话,的确没事。

"喝一口这个。"一双强壮的手臂扶起我的头,清凉的水流过我刺痛的喉咙。我睁开眼睛,立刻看到绥夫特·马丁的脸。

"怎么……"我挣扎着想坐起来,一阵眩晕又让我躺下。

"我看见你倒下来。"他放下杯子,"一定是中暑了。"

我摇头,啊……好痛。"不,是我太顽固了。"

他微笑了。他的微笑真好看。"我弄了些加醋的水,可以冷却晒伤的地方。"

我接过他递过来的布,轻轻拍着我的手臂。"谢谢你。"我说。

"正好被我看到了。"他说,"我不希望你一整夜都趴在那里。"

经他这么一说,我不禁寒毛直竖。"是啊,幸好被你

看到了。"

"感觉好些了吗?"

我点点头。

"我离开之前,可以帮你弄点儿什么吃的吗?"他看看房间四周,"泡些茶好吗?"

"好啊。"说着,我闭上眼睛。要是莉菲和派瑞丽知道是谁在照顾我,不知道会有什么反应。

绥夫特让我休息了一会儿——我可能睡着了——水烧开后,他泡了茶。"来,喝点儿茶。"我在床上坐起身子,背靠着墙,接过他手中的杯子。

"我也帮自己倒了一杯,希望你不会介意。"他说。

"当然不介意。"我很惊讶。我所认识的男人大都喝咖啡,很少人喝茶。"是什么风把你吹来的?"我啜了口茶。

他露出那种电影明星式的笑容。"除了营救遇难的淑女之外吗?"他问。

我可以感觉自己的脸色就跟晒伤的手臂一样红。

"事实上,我是来看你的。有笔生意想跟你谈谈。"他吹了吹杯子里的茶,"不过,这种时候可能不适合……"

我把杯子搁在膝上。"不,没有任何时候比现在更合适的了。"

绥夫特点点头,小心翼翼地喝了口茶。"那我就直说了。"他用迷惘的眼神望着前方,仿佛正望着未来,"我打算扩大尖角牧场的规模,让它比圆环牧场更大。"他转身面对我,"或许比大家总爱提的那座德州农场还大。"

他的眼睛闪着某种光亮。"听起来野心十足。"我说。

我的声音一定透露了心里的疑问。"你一定觉得很奇怪,我干吗跟你说这些。"他说。

"我不明白你为什么要跟我说这么多。"

"我的提议如下:你那三百二十亩地和我农场的西南端相连,就算你今年多少有些收成……"他朝屋外的农地歪了歪头,"下一年呢?再下一年呢?"

"我……"老实说,我一心一意只想着要撑过11月,根本还没想到之后的事。

"我准备借你八百块,这样你就能达成垦荒所需的条件。"他倾身向前,"有了这八百块钱,你就可以拥有正式的领地,不用再筑篱笆,也不用再忍受腰酸背痛了。"

"我不喜欢借钱。"我说。

"妙就妙在这里。"他放下杯子,"你不用借!你拿四百块去找艾柏卡,付清垦荒的费用,土地产权就是你的了。等你办好回来后,我就放弃债权。"

"我不明白。"我摇摇头,他口中的这些数字飞转得太快、太猛了,"你为什么要这么做?"

"因为你会把土地让给我。"他两眼发亮,"你不用再把自己捆得死死的了,还可以多赚四百块钱。"

"我把地送给你?"

"不,你把地卖给我。"

"为什么?"我头痛得要命,很难理解他到底想说什么,"我的意思是说,你为什么要这块地?"

"我跟你说过了。"他的口气有点儿不耐烦,"我要在这里放牧。"

"可是这是我的农场,我的屋子……"

"有了四百块,你可以在镇上买间可爱的小屋子。事实上,在任何城镇都可以。你不用再像铁路工人一样地干活儿了。"

"搬走?"这些字终于沉进我的脑子里,"你要在我的地上养牛?"

"嗯,我这么说不是要挑你的语病……"他清清喉咙,又说,"等到那时候,这里就是我的地了,尖角牧场的地。"

我压下心中涌起的愤怒。毕竟,他的建议值得考虑。经营农场很辛苦。光是干活儿、搬东西,我就足足瘦了两圈。即使再怎么乐观,今年的收成大概也好不到哪里去。等到收成时,还会有一堆支出,另外还得付清查斯特舅舅欠的债。若是接受了绥夫特的提议,我再也不用做苦工了,可以搬到别处去住。到时我可以拥有一栋像样的房子,有窗帘,有真正的书架可以放书,还有真正的椅子可坐，而不是坐在桶上。我可以在报社工作，说不定还可以旅行。也许我可以搬到一个和气的社区，邻居彼此住得很近，而且再也不用搬家了。我这么辛苦地垦荒，却从未想过自己真正想要的生活是什么。绥夫特的提议很公平，甚至很慷慨。这一切听起来相当合理。"你的提议很合理。"我说。

"我也这么认为。"绥夫特的手抚过他那头波浪般的头发。

"可是我必须拒绝。"

"为什么？"

"我怀疑自己能否跟你解释得清楚。"我摇头，"因为连我自己都不明白。"热风将草原的甜蜜气味吹进敞开的门内，"不过，非常感谢你的提议。"我伸出手想要跟他握手。

绥夫特快速地站起身，椅子砰地倒在地上。他抓起帽子戴到头上。"海蒂，你做了错误的决定，就像你决定跟不应该交往的人做朋友一样。"他的左脸下颌有块肌肉抽搐着。他很愤怒，我希望永远都不用知道他到底有多么愤怒。"收成之后，或许你会改变主意。"

我柔声说："或许吧。"

他走向门口。

"谢谢你。"我说。

"谢什么?"

"把我带进屋里。"我举起晒伤的手臂,"还照顾我。"

绥夫特气呼呼地走出屋门。他骑上麻烦离开时,我还听得到马鞍吱吱作响的声音。

我抱膝坐着,祈祷我的决定是对的,祈祷我没有咬下一块太大的肉,害自己嚼都嚼不动。

第十六章

我的心早已属于这里

1918年6月

阿灵顿新闻

垦荒家庭——时间的针线

我的高中老师——辛普森老师——对于我从新生活学到的各种知识,一定会表示赞许;虽然很多都不是从书本上学来的。我的持家技巧进步了很多——不得不如此。在烘焙方面,我永远也无法跟邻居派瑞丽相比,但是我煮的东西已经可以入口。还有,我的拼布技术可是一流的,这并非自吹自擂哟。这里的夜晚十分安静,让人得以沉静思考。我最喜欢构思新的拼布图案。刚搬来的时候,我觉得这块土地又平坦又无趣。现在,我用充满爱意的眼睛看到每座山坡和山谷。这些景色应该用拼布被呈现出来才是。

然而,在开始拼新被子之前,我必须先完成手上的这条被子,准备迎接即将到来的新成员。在家乡,阿灵顿妇女依赖拓波医生;在这里,妇女依赖莉菲·波尔威斯。

"你读过报纸了吗?"眼看着手中的线变短了,我赶紧缝上几道锁针。艾薇阿姨总算能够以我为荣了:没有随便乱缝的针脚,不用凭借打结让线固定。"你觉得无麦六月如何?"我剪掉多余的线。

派瑞丽又缝了一针。"好像日子还不够难过似的,居然有那么多食物配给的规定。"她叹了口气,"想不到我会思念口味平淡无奇的面包。"

"你真会利用替代食品。"我停下手中的针线,拿起盘子里的玉米馒头啃了一口,"我可以从早到晚只吃这个。"

派瑞丽抬起头来,整张脸皱成一团。"唉,我再也受不了玉米馒头的味道了。"

我从线轴上剪下一根缝线。派瑞丽的脸色不太好,聊食物可能不是个好主意。莉菲私下告诉过我,派瑞丽快要生产前会是什么样子:"她会像只老母鸡,想要做窝,可是不想吃东西。"我得鼓励派瑞丽多吃点儿东西,保持体力。莉菲也给了我一些指示——如果宝宝要来了,该做些什么。可是我并未仔细听,因为根本不需要。只要一有动静,卡尔就会去找莉菲。我知道要拿报纸垫在床单下面，还要用线绑住脐带。"不要再说了！"当时我开口求莉菲，"否则我自己以后都不敢生了。"莉菲像母鸡萝丝一样，一直对我唠叨个不停。

我决定换个话题。"为了这个宝宝，我缝得手指头都快断了。"听我这么说，派瑞丽拍拍她的肚子。"派瑞丽，你什么时候才告诉我，你打算给他取什么名字？"

派瑞丽摇摇头。"我们一直无法决定。如果是男孩子，我想让他跟着爸爸叫卡尔；如果是女孩，就跟着卡尔的母亲叫莎萝塔。"

我点头，把线穿进针眼。

"简称萝缇。"派瑞丽又加上一句。

"好甜美的名字。"我继续缝被子，先把针刺进布料，把针和线扯过去，最后再拉线。刺、扯、拉。

"卡尔不肯。"派瑞丽用牙齿把线咬断，"他说，这个时候取这种名字，只会给自己找麻烦。"

我想了想。大家现在都好紧张，像卷得紧紧的铁丝网似的。除了紧盯艾尔莫和其他人，绥夫特和他的那群朋友到处逼大家参加蒙大拿忠诚部队。"即使在家乡也能打击德国佬。"我听过绥夫特这样跟齐林杰老爸说。可是他没跟我说这些。他知道我已经接到邀请了，还是亲手送到家的呢。

"卡尔说得也有道理。"我试着让声音保持平静，"那

么,中间的名字呢?"

"我也提过了,卡尔还是不肯。"派瑞丽靠坐在椅子上,用手按摩着后背,"噢,坐太久了。"她伸手取下放在火炉上方架子上的一顶帽子,"我的解决方法就是:每个人都可以放一个名字在帽子里。抽到哪一个,就用那一个给宝宝命名!"

"你可真敢。"我说。

她笑了。"别说出去,不过我把不喜欢的名字都烧掉了。"她转了转眼珠,"麦蒂提议取名慕丽和公主。却斯提议史约翰。"她把帽子递给我,"你也可以放个名字进去。"

"好让你丢进火炉里吗?"我逗她,"不用了,谢啦。"我伸了个懒腰,"该停工了,家里还有活儿得做呢。"

派瑞丽举起被子。被子边缘镶着黄色布边。"真漂亮,就叫作小星星吧。"

她的手拂过被面。"我等不及宝宝出生了。"

"噢,不。"我说,"要等这条被子完工才可以。我看还得再等上几个星期呢。"

"好吧。"派瑞丽假装不高兴地说,"既然你这么说,我只好再等几个星期了。"

派瑞丽答应的事情,总是说到做到。但是,这一回她食言了。

几天之后的一个晚上,我睡得正香,却被院子里的嘈杂声惊醒。

"海蒂!"卡尔叫着我,"宝宝要来了!"

我赶紧穿上衣服。"别在这里浪费时间,去找莉菲。"卡尔点点头,鞭策着马儿星星走了。塞子原本不愿意在深夜出门,然而一旦明白我绝对不会让它掉头回谷仓,就乖乖地往派瑞丽家奔驰而去。

开门的是却斯。"妈妈一直喊着你的名字。"他说。我把缰绳交给他。

却斯苍白的脸上满是担忧,或许忙碌可以让他分心。"你去把柴火添满,好吗?莉菲一定用得上。"他点头接受我的建议,神情严肃地忙碌去了。

我赶紧进屋。芬恩和麦蒂——当然还有慕丽——一齐挤在火炉旁的小床上,睡得正熟。我用不着蹑手蹑脚的;这两个女孩很有福气,即使遇上最吵的风暴,也能睡得不省人事。

派瑞丽躺在后头房间的床上。

"这个宝宝不肯等他的被子缝好再来?"我拿来一块湿布,擦擦派瑞丽的额头。她抓住我的手。

"来得好快。"痛苦弄皱了她的脸,她小声呻吟着,挥手叫我关上房门。

"你会没事的。"我安慰她,"莉菲很快就来了。"

她摇摇头。"这跟以前那几次不一样。"

"放心,我在这里。"我抚摸着她的头发。

"卡尔好想要这个宝宝。"眼泪滑下她的脸颊。

"而且他会把这个宝宝宠坏,我们都知道。"听到我的话,她勉强且虚弱地笑了一下,接着微笑变成皱眉头。

"需要我做什么吗?"我问。派瑞丽挣扎着起身,指着后腰。

"感觉好像有人用榔头敲我这里。"她说,"可以帮我揉揉吗?"

我单膝跪在床上,透过睡袍揉她的背。"这样有用吗?"她点点头算是回答。我一直揉,揉到手臂痛得要命。好不容易,她终于说:"我得躺下了。"我才让她重新躺好。

"莉菲会需要很多热水。"说着,我把手放在门把上,"我灌满烧水壶就回来。"

却斯不只添了一桶柴火,而是添满了整整两桶的柴火,还让炉火烧得很旺。"你做得比我还好。"我告诉他,"现在,你可以再做一件事吗?"我递给他一个空桶,"我得把烧水壶灌满,应该会需要三或四桶水。"我还没说完,他已经冲出屋门。很快的,水壶灌满了,我开始烧水。却斯倒完最后一桶水后,看看四周。

"我现在该做什么?"他问。

我指指带来的篮子。"你看看里面,那里头的东西够你忙了。"

我没有留下来看他发现那本《块肉余生录》时的表情。派瑞丽正等着我。一看到她,我就知道开始了。快点啊,莉菲,我心想着。

"莉菲……不来了。"派瑞丽喘着气说。

"噢,她会来。她已经在路上了。"我祈祷自己说的是真话。

"来……不……及……了……"派瑞丽看着我,"去拿……报纸。"

我的膝盖忽然软下来。我扶着派瑞丽滑下床垫,在床单下头铺了好几层报纸。

接下来呢?准备迎接宝宝。垦荒家庭没有像爱荷华家乡那些女人要的那种豪华婴儿床。我把装脏衣服的藤篮拿来,铺好干净的毯子。迎接宝宝的床垫,就是一个旧的羽毛枕头。

"海蒂!"派瑞丽大叫,"宝宝!"

我跑到派瑞丽身边。她喘着气,使着力气,脸色跟粉笔一样白,全都是汗。

"宝宝!"她又说了一遍。

我毫无选择,只好走到床脚,尽力而为。咕噜一声,一个小小的人儿滑进了我的臂膀。

"女孩!"我喊着。派瑞丽闭上眼睛,整个人跌躺到枕头上。

我用缝被子的线绑住脐带,用剪刀剪断脐带。我知道有时候得拍打宝宝,才能让他开始呼吸,可是我没办法动手拍打这个珍贵的小生命。新生儿都这么小吗?感谢老天,她一定察觉到了我的毫无经验。

"哇——"

"这小家伙的声音居然这么大。"我吃了一惊。派瑞丽还闭着眼睛,却露出微笑。我把宝宝擦干净,交给她。趁着派瑞丽和宝宝第一次面对面研究彼此的时候,我赶紧清理床铺,尽量照料好派瑞丽,同时不让自己被这么多的血吓坏。真希望莉菲赶快抵达,告诉我这一切都很正常。

虽然这个宝宝非常娇小,一躺进妈妈的怀里,却马上知道该做什么。在派瑞丽的怀里,她看起来更小了。

卧房的门打开了,莉菲冲进来。她用力拍我的背。"看样子你处理得很好。"她把我赶出房间,开始照顾派瑞丽。几分钟后,她叫我和卡尔进去。

她把宝宝交给卡尔。宝宝被她用毯子包得好好的。

卡尔温柔地抱着宝宝,把她的脸靠近自己的脸。"我的孩子。"他小声地说,轻轻亲吻她的额头。

"很可爱吧?"莉菲的口气相当轻松,但是我看到她眼睛里的担忧。

"我该做些什么?"我问。

"嗯。"莉菲说,"首先,你可以亲亲宝宝莎萝塔。"

我转头看着派瑞丽。"我以为你要从帽子里抽一个名字。"

她微笑着。

卡尔把宝宝交给我,走到派瑞丽身边。

"哈啰,萝缇。"我亲吻她那光滑如蜡的脸颊。

莉菲弯下身,平静地给了我一些指示:"我们需要让宝宝保温。把她放在烤盘里。记得先铺条毯子,然后放在烤炉门上。"

我看了莉菲一眼。"你说真的?"

她点头。"已经不止一次了,我就是这样让孩子们活下来的。"

我按照指示,整晚不睡地看着她。只要萝缇醒来,像小猫咪似的哭时,我就把她抱到派瑞丽那儿去。等她吃过奶、打了嗝后,我再迅速将她放回烤炉门上。一连整个星期,我们都遵守着这道程序。我一做完早晨的活儿就赶过去,天黑前再回家做活儿。上帝保佑公鸡吉姆!一整个星期,他过来帮我的花园拔草,帮我照顾鸡群。渐渐的,莉菲脸上的担忧神情终于消失了。

"我想,最糟糕的已经过去了。"她说,"小萝缇小姐

似乎状况很好呢。"

派瑞丽也开心了起来。"真抱歉啊,我真是杞人忧天。"有一天,我忙着帮她烤面包时,她这么告诉我,"我好害怕会出事。"她拍着宝宝的背,宝宝正靠在她的肩膀上睡觉。"我知道这个想法很可笑,但我当时不免会想,这场战争啊什么的……"她看着我,"或许老天不会让卡尔拥有这个孩子。"

揉面团让我的手臂疲倦,我的心也疲累不已。派瑞丽经历了这么多不幸,已经无法安心享福了。"如果上帝真的想处罚谁,他何不用闪电劈打可恶的防卫委员会成员?"我的话让派瑞丽充满担忧的脸上出现了一丝笑容。

"还有德国皇帝?"她说。

"还有马丁太太每隔一个星期天必穿的那件可怕的黄丝绸衣服!"我们两个都笑了。

派瑞丽把萝缇抱到另一边的肩膀上。"海蒂,你真过分。你才要小心被雷击中呢。"

"我知道,我知道。"真高兴派瑞丽情绪比较好了,我把面团做成两条长面包和十几个小面包,"现在还要我做些什么?"

"噢,海蒂,不用了。"派瑞丽把麦蒂的头发绑好,"你比亲妹妹做得还多。"

我脱下围裙,挂在火炉旁。"如果你觉得自己一个人

国际大奖小说

没问题,我可能得回家忙上几天。我必须写一篇专栏,还要除草。"事实上,虽然有公鸡吉姆帮忙,我的活儿还是做不完,可是我不希望派瑞丽担心。

虽然胡须先生一直喵喵抱怨我离家这么久,家里还是太安静了。除草、给花园浇水、喂鸡和清理塞子的马厩时,我觉得不舒服。起先我以为快感冒了,等到返家后的第二个晚上,我一个人安静吃晚饭的时候,我终于知道是什么毛病。让我不舒服的不是生病,是寂寞。我想念麦蒂的歌声、芬恩的咯咯笑声、宝宝甜甜的香气、睡前念故事给却斯听、大家挤在一块儿吃饭。

我想念我的家人。

1918年6月18日
蒙大拿州维达镇西北方三里处

亲爱的查理:

你说你到法国后就变了,我能够了解这话的意思。你只提到身体的改变——不,我不相信你重了二十磅!但是我可以从你的字里行间读出来,你也有了其他的改变。

我曾经跟你提过派瑞丽要生小宝宝吧。6月11日,宝宝诞生了——是个小女孩,莎萝塔。由我帮忙接生的哟!

这可能会让你稍微猜到我的改变。刚抵达这里的时候，我只想要拥有一块自己的土地。然而，这块贫瘠的土地却给了我更多的东西。

听你妈妈说，她把我登在《阿灵顿新闻》上的文章寄给你了。文章里的口气虽然轻快，但你只要读了，就会发现我的心早已属于这里，就像公鸡吉姆的那棵樱桃树一样。

你永远的朋友
海蒂

国际大奖小说

第十七章

你爱这个国家吗?

1918年6月22日
蒙大拿州维达镇西北方三里处

亲爱的郝特叔叔:

您知道艾薇阿姨总爱说"盯着看,水永远煮不滚"吗?在蒙大拿,却是"盯着看,天空永远不下雨"。维恩·罗宾和葛利先生说,前年下了很多雨,地瓜长得像篮球那么大,玉米高得可以碰到长颈鹿的下巴。今年,没有人可以打破纪录。这里的农夫最爱说:"明年会更好。"这个"明年之地"让我这个农夫常常失眠呢。

海蒂

星期四,公鸡吉姆帮我送来信件和报纸。我们好久没一起下棋了。

"嘿,萝丝。"他跟母鸡们打招呼,"你们运气好,天气比浸信会的酒店还干①。"他被自己的玩笑话逗得很乐。

"下雨的时候,它喜欢有一对湿答答的翅膀。"我说。他听了,笑得更厉害。

"海蒂,你这么聪明,五分钱就可以买到好喝的咖啡啦。"

"说到咖啡,我正好有一些,还是你宁愿喝杯凉的。"我在屋前的阶梯上停下脚步,"我还有一些燕麦面包。"

"咖啡。"吉姆说。他跟着我走进屋里,帮我把咖啡端出去。天气太热了,坐在屋子里不怎么舒服。"这才叫生活。"他灌了一大口咖啡,开始小口小口地品尝面包,"嘿,海蒂,你已经学会不在面包里加铅了。"

我对他扮了个鬼脸。他很喜欢开玩笑,比查理还爱开玩笑。

"你要参加在学校举行的那场大会议吗?"他伸手又拿了一个面包。

"什么会议?"

"噢,你的报纸上写着呢。"他朝屋里点点头。我把信

---

①这句幽默的说法相当复杂,可能不易理解。浸信会禁酒,不可能开酒店。如果开酒店,里面也不会卖酒。美国人用"干"形容不卖酒的地方。上次海蒂训练母鸡孵蛋时,曾经把萝丝浸到水里吓它。这里是公鸡吉姆在开萝丝的玩笑,说天气这么干,不会像上次给它浸水那么湿,不用怕。

件放在屋里了。

我站起身,把报纸拿出来,找到那篇报道。"8月28日,国家战争储蓄日。"我读着,"美国的男性和女性都得买战争储蓄邮票。"我放下报纸,"可是我已经买了自由债券啊。"

吉姆耸耸肩。"战争很昂贵。别以为德国佬会在乎我们这些草原上的人经济状况如何。"

我继续读着报纸:"没有特殊情况的话,每个农夫必须购买一百元以上。"

"不会要我们买那么多吧。我们连买汽油的钱都没有!"

公鸡吉姆摇摇头。"有绥夫特在,我们每个人的口袋都会空空如也,除了蛀虫以外。"

战争储蓄日到了,学校里热得简直可以烤面包。大家神经紧绷,钱包又瘪又塌。绥夫特让一群凶悍的家伙站在会场后头。"我只是遵照政府规定办事。"当大家抱怨家里还有活儿要做的时候,他说:"这些捐款加起来还没有达到我们的配额呢。"

我签了卡片,在左下角特别写上"视收成状况而定"。我把卡片交给讲台上绥夫特的手下,他马上交还给我。

"不得少于一百元。"他说。

卡片在我手中翻转着。"即使今年收成好我也不会有足够的钱付账。"

他嚼着嘴里的烟草。"根据郡长法蓝克·休斯顿的命令,每个农夫都得捐一百元。"

我把捐款卡放回桌上,双手颤抖着。"话虽如此,我还是只能捐这么多。"

"每个人都得做些牺牲。"他继续施压。

我不让自己哭出来。"这笔捐款就是牺牲了,我已经买了五十元的自由债券。"

"看来你得学学爱国。"他用鼻孔哼着说,"或许我得抓你去见法官。"

我想到艾尔莫·任的遭遇,以及卡尔被烧毁的谷仓和被破坏的围篱,只好忍气吞声,不再跟他争论。我拿起笔,画掉原来的数字,写上一百。

他假装对我扶帽行礼。"女士,您真大方。"他的声音像锅上的猪油一样滑腻。我抓起裙子,穿过绥夫特的手下,匆匆走出去。我的胃在翻搅,脾气也上来了。我需要新鲜空气。

"海蒂,等等。"莉菲从后头追上来,"我明天要去狼点一趟。你需要什么吗?"

"奇迹。"我回答。

她笑了。"哪家店有卖呢?"

"莉菲,我不知道自己怎么做得到。"我数了数还有几个月,"7月、8月、9月、10月。才四个月,就得完成所有的垦荒条件。"我把手挥开,"是啊,一旦收成,我就是地主了……"

"如果没有下冰雹,也没有闹蝗虫的话。"她插嘴道。

"……如果能够卖出好价钱……"

"如果国会不把价钱定得太低的话。"

"……如果手上还剩三十八块钱付手续费的话。"我终于把话说完了。

"37.75元。"她露出微笑,"你听过其他人怎么说我们这些垦荒的人吧?我们还能活着,只因为我们没钱办葬礼。"

我苦着脸说:"很好笑。"她可以开这种玩笑,因为她拥有自己的土地。只要她还能驯马,在这个如此疯狂爱马的地方,就不愁没钱。

她拍拍我的手臂。"海蒂,一定可以撑过去的,别担心。或许不像你期待的那样,但是一定可以撑过去的。"

"真希望你说得对。"

"听着,我会带派瑞丽的孩子一起去狼点看游行。你也一起来吧?"

"噢,我没那个心情。"我挥手赶走头上的一只蚊子。

她挽起我的手臂。"来嘛,对你有好处。"她举起一只

手,"担心不会让天下起雨来,你也知道的。"

我紧紧抿住嘴唇。

"我们会很早就过来,你可以跟我轮流驾驶马车。"她点头,"没有什么比游行更能让人忘记烦恼了。"

狼点很热闹。我一点儿也不想庆祝国家战争储蓄日,但是芬恩、麦蒂和却斯并不需要知道这种事。就让他们继续当孩子吧,让他们兴奋期待音乐、游行和搞笑的胡闹。

我们寻找最佳地点看游行时,经过了冰河戏院。那里正在上映《德皇——柏林之兽》。我猜戏院一定卖出很多票。街上满满的都是人。孩子们穿上了最好的衣服,我呢,在爱国热情的驱使下,在最好的帽子上绑了一条红、白、蓝三色缎带。

莉菲给却斯十五分钱去买了三面国旗。我右手抓着步伐还不稳的芬恩,左手抓着蹦蹦跳跳的麦蒂,在汉森现金杂货店前找到了一个绝佳地点。

"拿去吧,女孩们。"却斯把国旗分给两个妹妹。

狼点国民银行赠送的扇子上,印着一句口号:"尽你的力量,否则德皇就来了!"我也拿到一把,很高兴地扇着。天气越来越热、越来越干燥了。我没有温度计,卡尔告诉我:"连续五天了,三十五摄氏度。"他一面说一面担心地摇着头。葛利先生也很沮丧地说:"麦子还在田里就烤熟了。"

所有的对话内容都跟炎热的天气有关。

"热够了吧?"莉菲那张红彤彤的脸,从旧帽子底下露了出来。

"有鸡蛋吗?"是公鸡吉姆,他全身上下大部分的衣服都是干净的,"我们可以在这些阶梯上煎蛋了。"

"店里有冰凉的果汁汽水。"汉森先生说,"游行过后进来喝一些吧,我请客。"他挠挠芬恩的下巴,拍拍麦蒂的鬈发,然后递给我三朵纸花,一朵红的,一朵白的,一朵蓝的。

"你看!"却斯扯着我的袖子,"第一支乐队来了!"

虽然吹奏得有点五音不全,圆环镇的乐队还是受到了观众的欢迎。当他们开始演奏《天佑美国》时,掌声变成如雷的欢呼。

我看到莉菲擦拭着她的眼睛,我的眼眶也湿了。不只是悠扬的音乐让我激动,我的心像漂亮女孩的跳舞卡片[1]般被填满了。查理——他的上封信已经离现在好久了:为我冒着生命危险打仗。还有派瑞丽和卡尔,我再也不可能找到比他们更好的朋友——家人——了。可是,

---

[1] 在旧时的舞会里,每个女生手上都有一张跳舞卡,上面依序写着她答应一起共舞的男生名字,就像一种预约制度。因此,漂亮女生的卡片很快就会被填满。

如果查理知道我跟他们做朋友,心里会怎么想?难道只因为卡尔生在德国,就不能算是我的朋友吗?这个疑问让我头晕。事实上,这已经不再是一个疑问了。一想到要如何跟查理解释,我就头痛。

起风了,我的思绪转得更快。仿佛光是战争还不够令人担心似的,我更担心钱。我翻了好几遍账簿。即使收成不错,也不知道自己能不能再榨出点儿钱来,而且我还没付钱购买可恶的战争邮票呢。我不许自己现在就想到失败,或担心自己能否取得土地所有权。担心、热浪和未知,让我的胃翻搅。或许,我不该痴心妄想拥有属于自己的地方,或许我本该就是四处为家的海蒂。

麦蒂伸手握住我的手,捏一下、两下、三下。我也捏了回去,所有的担心似乎都从指尖流逝、消失了。我会希望自己继续待在爱荷华,没有这些烦恼,但同时也从来没机会认识这个可爱的小女孩和她的家庭吗?我倒是很清楚这个问题的答案。

又热又干的风吹走了最后一个音符。乐队开始演奏下一首歌曲,男人们重新戴上帽子。乐队继续前进,后头跟着派克堡马厩的红白蓝花车。马丁太太坐在花车后头,扮演自由女神。接着是两辆挂着皮波修车厂牌子的汽车。

"那是罗浮车。"却斯解释着,"是最新的车种。"为了不让别人超过自己,富乐汽车公司派出一辆豪华汽车。"旅行车。"却斯毫不在意地说,显然旅行车已经不稀奇了。

跟在汽车行列后头的,是防卫委员会。他们全部骑着尖角牧场的马。绥夫特经过我面前时,碰了碰帽檐儿。我并未回礼。卫理公会紧跟在这些骑士后头,他们正演出一出爱国剧。然后是狼点小学的学生——除了他们那里最好的学生却斯之外——戴着蓝色彩带,唱歌游行。孩子们摇着国旗,一阵风拂过了蜿蜒的街道。

芬恩的旗子飞了出去。"旗旗!"她喊着,摇摇晃晃地追上前。

"噢,小心,宝贝。"我把她抓回来,"你会被踩到的!"

"旗旗!旗旗!"圆滚滚的泪珠滚下了她圆滚滚的脸颊。

"好了,好了。"汉森先生说,"别哭了。"他伸进口袋,拿出三根彩色条纹拐杖糖,"等一下哟。"他递给却斯和麦蒂一人一根,并剥开最后一根拐杖糖的包装纸,交给芬恩。

"孩子们,要说什么?"我问。

"谢谢汉森先生!"麦蒂和却斯异口同声地说。芬恩嘴里含着糖果,笑了起来。汉森先生不禁笑着说:"糖果可以治百病,对不对,芬恩?"她埋头努力吃糖。

游行队伍的最尾端是寇克斯威尔先生的送货车,车子两边挂着手绘广告牌,上头写着:"国家战争储蓄日游行。"寇克斯威尔先生不想错过这个帮自己宣传的大好机会,也在货车后头挂了一个比较小的广告牌,上头写着:"请到寇克斯威尔商店买新鲜樱桃。全城最好的价钱。"

汉森先生看到时,开玩笑地吹起口哨。"来吧,孩子们。"他抓起麦蒂的手,"弄点儿凉的给你们喝。"却斯跟了上去,其他的孩子也一拥而上。

"你们去吧。"我对孩子们说,并把芬恩交给莉菲,"游行结束了,我去把她的旗子找回来。"

"快去吧。"莉菲用力地把帽子压在头上,"风这么大,不多久就会把旗子吹到北达科达州。"

我循着人行道的阶梯走到街上。芬恩的小旗子终究还是被游行的人踩坏了。我捡起这面可悲又破烂的纪念品,仿佛可以听见她的哭声。我不希望她的一天被眼泪毁了,赶紧走回报社,再买一面国旗。五分钱算什么呢?

一阵男人的说话声引起了我的注意。在游行结束后的街角,又有另一种游行在聚集了。领头的似乎是绥夫特·马丁。

喧闹的游行阵容在土地办公室前停下来。几个大个子挤了进去。很快的,他们推着一个瘦瘦的、戴眼镜的男子走了出来,是艾柏卡先生。

国际大奖小说

"艾柏卡,听说你没尽力支持战争。"一个我不认识的人吼着。

"看来你很不爱国哟。"另一个人说,"或许,有个像艾柏卡这样的名字,你根本就是希望德皇会赢嘛。"

一个高个子站到艾柏卡先生面前,他比艾柏卡先生高出许多。"或许你忘记了,有多少狼点的男孩在那边打仗……"

"还有圆环和维达的男孩。"有人接着这么说。群众越聚越多。

"住在附近各城镇,跟我们一起长大的男孩们……"高个子接下来所说的话几乎被群众的喊叫声淹没,"看样子,你应该想想他们才对,不要老替外国人着想。"

我挤在一家店铺的门口,距离够近,可以看见艾柏卡先生的鼻子和额头上都是汗珠。他的眼镜歪向一边。艾柏卡先生把眼镜扶好,平静地说:"我没做错事。"

"没做错事?"绥夫特·马丁看着聚集的男人们,开口说,"那你为什么没去看游行?你写给州长的信又怎么说?居然支持布克威那个牧师?"

"他的会众大部分是移民。如果他说英语,没人听得懂。"艾柏卡先生的语气相当冷静。

"忠诚的美国人就会说英语。"绥夫特靠近艾柏卡先生一步。我可以看到绥夫特脖子两边的青筋暴起。冷汗

流下了我的背脊。

"艾柏卡,告诉你我们想怎样吧。"绥夫特用力吐出这些话,"你现在就可以证明自己的忠诚。佛列德!"那个高个子——佛列德——拿出一面小国旗,在艾柏卡先生的鼻子底下挥舞着。

"你爱这个国家吗?"绥夫特问。

"你知道我很爱国。"艾柏卡先生的下巴微微颤抖,声音却洪亮且清晰。

佛列德往后退,几乎要退到艾瑞克森旅馆前。绥夫特用手指着佛列德。"那就证明给我们看。你必须四脚着地爬到国旗那里。"他逼近艾柏卡先生一步,"爬到那里,亲一下国旗。听到了没?"

群众围在一旁,喧闹鼓噪着。我像初生牛犊似的摇摇摆摆,差点儿被汗水的气味——还有恐惧,以及恶意熏昏。

站出来,我告诉自己,让他们停下来。

这些人继续胡闹。有人推了艾柏卡先生一把。他跪下来,原本戴在脸上的眼镜飞往我这边。

"开始爬!"绥夫特下令。

绝望和难以置信把我变成了一尊雕像。艾柏卡先生挣扎着想站起来。他的西装袖子被扯破了,裤子也沾了马粪。

国际大奖小说

快点想想办法！我的脑子发出命令，可是双腿却拒绝服从。我看着这恐怖的一幕，无法将目光移开。

有人踢了艾柏卡先生一脚。他脸朝下倒在地上，鼻子淌出了鲜血。

我环顾四周。为什么没人出面阻止？一阵眩晕忽地袭来，就像那天我昏倒在田里时那样。这种时候，除了"我"，没有"任何人"会伸出援手。

"绥夫特。"我双唇颤抖，几乎无法吐出这个名字。我又试了一次："绥夫特！"

他惊讶地转过头来。

"回家去吧，小姐。"有人这么说。

我往前迈了一小步。感谢上帝，我的腿还站得住。"我……我……"我能跟这些人说什么？"我跟艾柏卡先生有事情要办。"我又往前走了一小步，紧接着又一步。我弯腰捡起艾柏卡先生的眼镜。"是有关法律上的事。"我用颤抖的手把眼镜还给他，"对不起，我来迟了。"

艾柏卡先生站起身，戴上眼镜。"要不要到办公室里谈谈？"我挽起他的手臂——好让自己站稳。

一只手抓住了我的肩膀。"你以为自己在做什么？"我认不出这个声音，但是我拒绝回头。我的胃翻搅不已，几乎可以在喉咙尝到胆汁了。我站稳身子，准备迎击。

"我们并没有要对付她。"这个声音我很熟悉，是绥夫

海蒂的天空　230

特。"让她去吧。"他说。

陌生人用力地推了我一把,把我从艾柏卡先生的身旁推开。

"你们都是一帮叛徒。"陌生人说。大部分的人开始往后退,仿佛他们都还有事要忙。佛列德和他的国旗不见了。绥夫特瞪着我,开口好像想说些什么,随即又摇着头走开。

我一走进艾柏卡先生的办公室,立刻瘫倒在离我最近的一张椅子上。"我觉得……"我用力吞了吞口水,"想吐。"

艾柏卡先生在桌子后面的柜子里翻找。他拿出一瓶酒和两个杯子,倒了两杯。"喝下去。"

液体一路烧过我的喉咙。喝了一口之后,我把杯子放在桌上。"刚才真可怕。"我说,"这些人……"

艾柏卡先生也放下杯子。他用手帕擦嘴,一双手抖个不停。

"他们看起来都很正常啊。"我无法表达心里翻腾的思绪,"就像邻居似的。"

他又帮自己倒了一杯酒。"有些是啊,我的邻居。"

"我不懂。"我的手、腿、头和全身沉重无比。太沉重了,动弹不得。

他把杯子举到嘴边,开始喝酒,接着又放下杯子。"因为这场战争。"

我把手掌放在桌上,试着深呼吸。"是战争烧了卡尔的谷仓吗?"我缓缓地说,"是战争让小艾尔莫跌断手臂吗?是战争让您变成了罪人吗?"

"不。"他沉重地坐在椅子上,"不。但是这个魔鬼实在太巨大,战争已经蔓延到战场外了。到了这种地步,任何一件小事情——即使只是帮一位牧师和会众写陈情信——都会被视为叛国。"

艾柏卡先生的声音稍微镇静了些。我注意到自己的手不再颤抖。"我最好回去找莉菲和孩子们。他们恐怕会担心。"我慢慢站起身,试了试我的腿。它们摇摇晃晃的,就像那天在火车上跟胖子吵架时一样;不过,勉强还站得住。

"你是个勇敢的女孩。"艾柏卡先生拍拍我的手臂,"一个勇敢的女孩。"

我望着他擦伤、淤青的脸。"您可能得打理一下自己再回家。"我说,"再见,艾柏卡先生。"

"再见,布鲁克斯小姐。"他打开门,看着屋外。"恢复平静了。"他说。

我走出大门,在人行道上停下来深呼吸。到汉森现金杂货店之前,我停下脚步,试着忘记刚刚发生的事。我必须忘记那一切,才不会把情绪写在脸上。走进店里的

时候,我的腿几乎不抖了。

"拿去。"汉森先生递给我一杯果汁汽水,"你看起来需要一点儿滋润。"

"旗旗?"芬恩问。恍恍惚惚的,我递给她那面被踩坏的旗子。

"海蒂?"莉菲望着我。我摇头要她别再说什么。

"脏脏。"芬恩把旗子丢在地上。

我想象着绥夫特和他的手下像胡蜂一样到处乱飞,赶紧擦擦眼睛,说:"是啊,脏了。"

第十八章

原谅敌人,也原谅我们自己

1918年7月
阿灵顿新闻

垦荒家庭——独立纪念日

不要以为我们没有豪华的乐队舞台或城市公园,就无法像大城市里的人那般热闹地庆祝独立纪念日。大家都会来到狼溪岸边野餐、打棒球、谈论旱季。虽然气氛轻松,但我们会在中午时分一起向前线的士兵们致敬。我们每个人——尤其是笔者——都祈祷联军在肯地尼战役的胜利代表这场战争即将结束。

"到时会有香草冰淇淋。"一提到国庆日野餐,却斯足足说了五分钟之久,"还有棒球赛!"

"听起来真棒。"我又从井里打了一桶水,并把这桶水拖到奄奄一息的花园里。感谢上帝,幸好查斯特舅舅挖的井够深。今天早上,我打了无数桶水去浇长豆,手臂累得仿佛随时都会从肩膀上脱落。

却斯灌满一小盆水,细心地给我的向日葵浇水。"妈妈去年就是这样。"他说,"她在咖啡罐里种花。她说今年种的是小宝宝。"我们两个都笑了。

为洋葱、地瓜、甜瓜和胡萝卜浇水时,我想到这辈子所浪费的水。在这里可不行!每一滴都不能浪费。即使是星期六的洗澡水也得好好儿利用才行,先用来洗澡,再擦地,然后清洗前廊小花园的灰尘。

我站起身来伸展伸展,试着驱走背部的酸痛。"哎哟。"

"卡尔说,已经三十二天没下雨了。奈夫吉先生说是三十一天。"却斯把手伸进盆里,用手指蘸些水在脸上洒了几滴,"我认为卡尔说得对。"

"我也赌卡尔是对的。"我揉揉却斯的头发,"如果要我打赌的话。"

有却斯帮忙,我的活儿很快就做完了。我要他赶快回家去。"我们明天来接你,一大早哟!"他转头喊着。我进屋继续忙个不停,很快的,四个野樱桃派被摆在厨房的桌上放凉——如果在这么可恶的热天里还有可能凉下来的话。

从上个星期开始,我就把床垫搬到屋子外头睡觉。

晚上,屋内连一丝微风也没有,即使开着门也一样。

睡在屋外的第一个晚上,简直无法入睡。只要躺在草原上,就会听到一大堆声音。一旦鸡群安静下来,夜里的鸟立刻开始聒噪。一整夜,草喀喀嚓嚓地响个不停。但愿是因为风的关系,可是空气却凝重得犹如糖浆。不,这些草叶摩擦声属于草原之卒:老鼠、野狗,还有天晓得是什么动物。派瑞丽不久前才看到一只臭鼬。唯一不会让我担心的动物,就是咬伤紫罗兰的那只狼。冬天过后,它就失去了踪影。觊觎狩猎奖金的猎人一定已经抓到了它,这一带的狼几乎都被他们捕光了。

把床垫拖到户外的第二个晚上,我终于被失眠、热浪和整日拔草的辛劳打败,一下子就入睡了,速度好似老鹰抓田鼠那般迅速。床垫下的草地凹凸不平,睡起来不怎么舒服,但总比跟烤箱一样的屋里强多了。

独立纪念日的早上,胡须先生用砂纸般的舌头把我舔醒。我拍拍它,伸了个懒腰。

"哎哟。"睡在户外的转天早晨,我总会发现脖子或背部又扭伤了。我僵硬地弯腰,将床垫搬回屋里,打理好自己,准备前往狼溪。除了水果派、毯子、国家战争储蓄日的扇子之外,我还带了一样东西,大家看了肯定会吓一跳。

准备好后,我继续写信给查理:

一开始,莉菲和我很担心萝缇,她是那么的小,现在,那个孩子却犹如一桶猪油般的强壮。不知道其他孩子是否会吃新宝宝的醋,可是他们都很喜欢她。麦蒂几乎把她宠坏了!她想为萝缇缝一床被子——姐妹被——我正在帮她。针脚不太平整,但是充满了爱。

一听到马匹的铃铛声,我立刻停笔,抓起帽子,环顾四周。如果我忘了什么,也没办法喽。我提起装满东西的篮子,出门跟慕勒一家打招呼。

"你简直就是从画里走出来的!"派瑞丽说。我露出微笑,欣喜地发现她双颊泛着樱桃似的红晕。生下萝缇后,她的身体恢复得很慢。

"你是说我看起来像画里的烤鹅吗?"我爬上马车,坐在她身边,开始扇风,"是不是再也没风可以吹了?"

"溪边会比较凉。"她说,"既舒服又凉快。"我们安静地坐在马车上。天气热得让人连聊天都提不起劲。

"哈啰!"到了野餐地点,公鸡吉姆帮孩子们下马车。麦蒂直接跑到莉菲身边,要她看看慕丽的新帽子。却斯帮卡尔拴好马,就跟小艾尔莫和路德教会的一些孩子跑到溪边抓蟋蟀。

"已经在荫凉里帮你们留好位置了。"莉菲招手要我们过去。我们铺好毯子,把苹果箱当成萝缇的小床。

我倒冰红茶给大家喝,并且跟一些教会的女教友聊天。"所有的人都来了吗?"我问。

"奈夫吉家的人要等中午打烊才来。"莉菲用冰凉的杯子碰碰额头,"他们从来不会错过任何棒球赛,即使巴布也一样。"

我对着冰红茶微笑。等一下要让他们瞧瞧爱荷华阿灵顿的厉害!

"葛莉丝和维恩也快来了。"她继续说,用手指数着我们的邻居,"马丁一家倒是很少来。"

正合我意。

果然就像莉菲说的,奈夫吉一家下午来了。

"要打球了吗?"巴布一边驾着马车,一边高声喊着。

虽然有些人抱怨天气太热,但球场很快就整理好了,球员们也分好了队伍。我已经很久没有打棒球了。我的邻居都不知道我会打棒球。感谢查理之前的耐心指导,我打得很好。

我把手伸进篮子里,准备让大家惊喜。

"谁都可以玩吗?"说着,我的左手戴上了棒球手套。

"这是怎么回事?"葛斯特·崔夏特朝着我的方向吐了一口口水。他刚刚还在抱怨路德教会的德国人也想打棒球。维恩指出"崔夏特"听起来就像是德国姓氏,葛斯特却摇摇头。"是瑞士姓氏。"他说,"瑞士。"我猜,我上场打

球一定让他恼怒不已,甚至比看到德国人打球更生气。

"我想加入。"我对他说。

葛斯特吹着口哨。"那么,你最好参加……"他指着保罗·齐林杰,"另一边。"

我点点头,加入保罗那一队。我们先打击。打击不是我的强项,但是保罗打出一垒安打后,我也跟着打出一支一垒安打。紧接着,亨利·汉萧击出一个强力二垒安打,把保罗送回本垒。现在轮到却斯打击。

"短打!"我喊着。即使天气这么热,如果来个短打,我还是可以跑回本垒。

然而,男孩子就是男孩子。已经有两人出局了,却斯还是见球就打,被三振出局。

"出局!"特迪牧师大喊。

却斯丧气地丢下球棒。"我差点儿就击中了。"他说。

特迪牧师拍拍他的肩膀。"下次运气会好些。"他说,"现在轮到你跟队友上场守卫。"

却斯守左外野。我们一律把年轻人摆在外野,他们才有力气跑来跑去接外野球。保罗拿了球,走向投手丘。第一个打击者是维恩·罗宾。

"看你能不能打到这球!"保罗吹嘘着。

维恩的眼力很好。他打击出去,球飞了起来。接下来的五个打击者也打击成功。

"没人出局。"特迪牧师喊着,又有一个打击者跑回本垒,"五比一。"

"嘿,保罗。"我站在三垒叫他,"过来一下。"

保罗一脸疑惑,但还是走了过来。我建议跟他交换位置时,真希望我手边刚好有部照相机,可以趁机拍下他的表情。

"我一直都是投手啊。"他说。

我指指目前满垒的情况。"像现在这样吗?"

他摇摇头,终于把球交给我。我赶紧站上投手丘。

"等一下。"葛斯特大喊。

"海蒂,给他们一点儿颜色瞧瞧。"莉菲扯着喉咙大叫。

特迪牧师擦擦脸上的汗。"投球!"

我一连三振了两个打击者,查理看了一定很高兴。只投了六球。

维恩再度站上打击位置。"让我看看你有多大的本事。"他喊道。

"我的球会快得让你看不见。"吹牛实在不是淑女该有的行为,不过棒球就是这么回事。

"那是指对女孩子而言吧。"他故意激我。

我用力一投,球朝着本垒板飞去。维恩猛地挥棒,球飞过我的头顶,飞得远远的。所有的跑者都奔回本垒,球赛结束,我们惨败。

"真抱歉,保罗。"我把球交还给队长。

"只是玩玩嘛。"他说,并对我眨眨眼,"下次你一定会把他三振出局。"我们握手,一言为定。

"下次。"我说。

"来吃冰淇淋吧。"齐林杰老爸宣布。我敢说,那些冰淇淋放在我的水果派上正好。

我们聊天、吃东西。派瑞丽和我走到溪边,脱掉鞋子和袜子,让脚丫子凉爽一下。我们把从溪边摘来的野李子装进午餐篮里,等装满了,又回去跟其他人谈天说地。齐林杰老爸率先动手收拾。"还有黄昏的活儿要做呢。"他说。

"我们也该走了。"派瑞丽说。我帮她把疲倦、肮脏的孩子们和所有东西都搬到马车上。

派瑞丽准备把麦蒂放到马车后头时,麦蒂尖声嚷着:"我要坐在海蒂旁边!"

"好的,宝贝。"我把她从派瑞丽手中抱了过来,一起坐着。才几分钟,麦蒂就睡着了。她趴在我的膝上,身子像热水袋般热得发烫。我胸前的衣服都被汗水浸湿了。

快到我家时,我轻轻地把麦蒂抱到派瑞丽怀里。"在这里放我下来吧。"我告诉卡尔,"走一走会比较凉快。"我亲亲麦蒂的额头,拿起放在车后的篮子,沿着小径走回家。看到屋子时,我身上的衣服也几乎干了。我坐在前廊阶梯上,闻着膝头上篮子里的野李子香气,先是回想这美好的一天,接着思考该怎么写这个月的《垦荒家庭》。

一阵马蹄声让我顿时回过神来。牛仔常常骑马经过我的农场,追着一两只尖角牧场走失的牛。今天这三位骑士似乎正朝东前往马丁家。其中一位离开另外两位,让马转了个身:一匹相当高大的骏马——往我这边骑来。

"晚安,海蒂。"我从站着的地方就可以闻到酒味,"野餐好玩吗?"

"是的,马丁先生。"我站起身,转身进屋,今天晚上别想在外面睡了。

"好热,对不对?"他挥舞缰绳打蚊子,"比去年夏天还糟糕。"

"没错,是很热。"他显然不是骑过来讨论天气的。

"去年夏天还有蝗虫呢。"绥夫特在马鞍上挪挪身子,"上一分钟,天空还像狼溪一样清澈。"他抬头看天,研究着黄昏的景色,"下一分钟,立刻暗得像黑夜,全是蝗虫。"

我不禁打了个冷战。

"才几分钟,葛利家的麦子就被吃光了。"绥夫特摇着头,夸张地表示同情,"罗宾家也是。接着是亚麻。他们的收成还不够付种子的钱呢。"他粗鲁地笑了一下,"当然,它们不只吃五谷而已。我的外套挂在篱笆上,居然也

被那些蝗虫吃掉了。"

"你到底想说什么,马丁先生?"他当然有话要说。我的背脊发凉,不管他要说什么,准不是什么好事。

"只想引起你的注意。"他滑下马来,"只是这样。"

空气中传来草原上的细碎声音。我支起耳朵,仔细聆听是否有蝗虫的拍翅声。

"好啦,我注意到你了。"

他朝我走近几步。"这种生活很辛苦。"他的声音变得更温柔了。

我忍不住放声大笑。"别再宣传啦。"

"海蒂。"他停顿一下,说,"不知怎么搞的,我们彼此的相处出了问题。"

"问题?"我再也按捺不住了,"你放火烧了别人的谷仓,这叫作问题?带一群人欺负艾柏卡先生,这也叫作问题?"我生气地拍打裙子。

他往前迈了一大步,走到我身边,抓住我的手臂猛烈摇晃,篮子里的李子都飞出来了。"我要你听好。让我把话说完,就这么一次。"

难道我已经习惯他的粗暴了吗?我的腿并未发软。我看了一眼他的手,他立刻放开。

"卡尔家的火不是我放的。等我知道的时候,已经太迟了,根本没办法阻止他们。别问我纵火的人是谁。"他投降似的高举双手,"不过,我还来得及在火起之前,把你谷仓里那堆烧着了的稻草拉出来。""什么?!"他试着拯救我的谷仓,而不是放火烧掉它?

"还有艾柏卡那件事,我承认是失控了。"他摇头咒骂一声,"法律说我们必须支持国家和这场战争。如果大家都像艾柏卡这样逃避责任……"

"你真好意思。"我冲口而出,"逃避责任?那你的责任呢?你安安全全地站在这里,可是别人呢?例如,艾尔莫和……和……"我不愿意跟这人提起查理的名字,"无以计数的其他人,都上战场去了。"

绥夫特的反应仿佛是我拿鞭子抽了他。"你说得对,大家都这么想。大家都认为我是在逃避责任。"他揉揉额头,"我不想等征召令,我已经登记入伍了。"

"那你为什么还在这里?"

"我也百思不得其解。"绥夫特捡起一颗被他摇落的李子,"后来我发现,妈妈求州长让我领导防卫委员会。征兵处说那可以当作我的服役。"他转着手里的李子,接着弯起手臂,把李子丢进夜色里。

绥夫特脸上的那种表情,我太熟悉了。跟艾薇阿姨住在一起时,我的脸上就曾经无数次地出现过那样的表情。我此刻的感觉犹如即将为拼布被缝上最后一片花样。这是一个愤怒的人。他气自己的母亲,无疑的,他更气自己,怪自己为什么要听别人的话。我忽然想到——也足以理解——绥夫特和我在这件事情上十分相似:来这里之前,我也无法控制自己的人生。

我无法克制自己,那一刻,我原谅了绥夫特由于人生苦涩所干的坏事。"对不起。"我说,"原来你有这么多困扰。"《圣经》上说:要善待彼此。我几乎可以看到我的天使冠冕上又多了一颗星。

他转身面对我。"所以,我才需要你的地。"

"什么?"我的冠冕滑了下来,"不,我的意思是说,没想到你有这么多困扰,但这并不表示……"

"都是因为那个一直和你通信的家伙吗?"绥夫特的眼睛盯着我,"你在帮他垦荒吗?"

"查理?"这段对话千回百转,简直就像麦蒂裙子上的花样,"绥夫特,谢谢你救了我的谷仓,也谢谢你试着拯救卡尔的谷仓。今天就说到这里吧。"

"你不卖?"天太暗了,我看不清楚他的脸,但他的声音流露出无法抑制的愤怒。

很奇怪的,艾薇阿姨的声音突然出现在我的脑海。她曾经告诉我:一位真正的淑女至少得拒绝两次求婚,才能接受。当然,她指的是婚姻,可是我决定还是听她的话。"不。"我再次拒绝他买地的要求,"晚安,绥夫特。"并尽量保持尊严地迈上阶梯。我打开门,转过身,他已经骑上麻烦,让大马转了个身,蹄声有如闪电般地离开了我的院子。

那晚,我听到的不只是蹄声,还有真正的闪电。天空降下了雨水——美丽的雨——浇灌着饥渴的草原。

听着屋顶上的雨声,我坐下来写7月份《垦荒家庭》的结尾:

我叔叔心目中的英雄是亚伯拉罕·林肯,独立的象征。关于林肯的故事,我最喜欢的就是他选上总统之后,让几个政敌担任官员。看来,不论是当时或是现在,最大的自由来自原谅。让我们拥抱这样的自由,原谅敌人,也原谅我们自己。

1918年6月15日
法国某处

亲爱的海蒂:

最近我常常想到你。你以前怎么惹我笑,怎么像风车一样转动手臂投球,怎么吹额头上掉落的头发。我需要想这些愉快的事情。

我以为自己很快就可以打赢战争回家。此时此刻,我却觉得自己似乎永远也无法离开这些泥巴、寒冷和痛

苦了。

  我知道你期待我这个老朋友充满幽默，可是我最要好的朋友今天早上死了。我离他不到二十码。在所有的训练里，他们并未告诉我们死亡是什么模样。

  我头一次对自己是否能活着回家失去信心。我对什么都失去信心了。我以前总是吹嘘说我杀过德国佬。杀人没什么好吹嘘的，没什么值得吹嘘的……

你的查理

第十九章

白色抢匪

1918年8月
阿灵顿新闻

垦荒家庭——收获季节

我可以到州立农业大学教割麦和打谷了。塞子,它的好朋友乔伊和星星,还有维恩·罗宾的马——鼠尾草,四匹马一起工作。这四匹马被套上了收割机(我亲手系的,工程不小),在我的麦田里干活儿。亚麻已经收割完毕。收割亚麻绝非易事,因为我还没准备好放弃那一小片海洋。盛开的亚麻就是那幅景象:一亩又一亩像海一样蓝的田地,在8月的风中如海浪般波动。

马拉着机器在麦田里割出一条带状区域。轮轴把割下来的麦子送进镰刀里。我不清楚机器内部究竟是怎么运作的,但最终的成果就是一捆捆已经捆好的麦穗。这些捆好的麦子——农夫把它们叫作禾束堆——切口朝下地直立在地上晒干。第一天结束时,我视察自己的王国,乐趣丝毫不亚于任何皇家成员。再过几个星期,邻居就会过来帮我打谷。我的谷子,还有比这几个字更美好的吗?有经验的农夫可能会笑我,不过请你回想一下自己第一次收成的时候。你不得不承认,自己当初也是这么兴奋。

8月的头几个星期下了几场令人兴奋的雨。紧接着,天气变得更热了。还好有卡尔和维恩·罗宾的帮忙,才花几天时间就把谷子收割好了。我帮他们,他们也帮我。一连好几个星期,我的谷子一捆接一捆地站在田里,等着被太阳晒干。

或许天气对晒谷子有利,但是对大家的脾气却一点儿好处也没有。我叫塞子帮忙做罗宾家的活儿时,即使是可靠的塞子也发脾气了。

那天晚上,我替自己准备晚餐。我在桌上摆了个盘子,打算做些不需要烹煮的东西,随意吃吃就好。没想到,才花了几分钟找食物,桌上的盘子已经热得碰不得。

吃完晚餐,我拿出写给郝特叔叔的信,坐下来把它写完。胡须先生躺在门槛上,身子拉得老长,试着吹风降温。我伸手摸摸它的肚子,它连动都懒得动。"卡尔说,这么热,"我写着,"再过两周,我的麦子就可以打谷。真高兴当初种的不是玉米——否则,还没收成就变成爆米花了!"

屋外,山谷那头扬起一阵尘土。有人骑马来了。或许是维恩打完猎,正在回家的路上。上星期,他给了我两只野鸡。

然而,来到我眼前的不是马儿鼠尾草。这匹马有尖角牧场的记号,骑在马上的是绥夫特·马丁。

"可以让我的马喝水吗?"他高声问道,同时骑到井边。

"当然可以。"不管我对麻烦的主人有什么意见,我跟麻烦并没有什么过节。

他打了些水到水槽里。"这一带看起来很干。"他把帽子往后推,"很干。"

"是啊。"我每天晚上都睡不着,就是担心这件事情。一旦麦子收割好,立在那里,最怕的就是失火。

"你很快就要打谷了吗?"

"再过几天。"

他点头。"听说格兰戴夫那边的收成不怎么样。"

我知道他想说什么。"那是格兰戴夫。"

他勉强笑笑。"不是这里。"

我点点头。

他用手背擦擦额头,重新戴好帽子。"还不算太晚。"他说。

"太晚?"我问,"什么事太晚?"

"我的提议。"他把杯子挂回井旁。

"我真的没有兴趣。"我试着保持冷静的口气。他干吗又提这件事?"最后一次告诉你,我无法接受你的提议。"

"你犯了很大的错误。"他的眼珠变得灰沉沉的。

我回瞪了他一眼。我以前也对付过流氓。"或许吧。不过至少这是我自己的错误。"

他猛力拉扯麻烦的缰绳。"那是你的看法。"他骑出院子。我的院子。

至少现在还是我的。

两天过后,卡尔和一些邻居来帮我打谷。早上,我和男人们一起在田里工作。莉菲和派瑞丽来帮我一起做饭。我猜是因为有派瑞丽烤的派——葡萄干、野樱桃和李子——所以大家才能持续做个不停。我烤的面包也不错,卡尔就吃了六个。

"噢,宝贝,那是因为莉菲的野浆果果酱很好吃,所以他需要用面包抹啊!"派瑞丽故意逗我。

洗碗的时候,孩子们在我们脚下玩耍。却斯相当不耐烦。他八岁了,因此认为自己已经够大,可以帮忙收成。

"不可以。"派瑞丽坚决不肯,"那些机器可不是给小孩玩的。"却斯只好负责提冷饮到田里。他用陶罐提水,陶罐用旧布裹着,塞在麦堆里保持冰凉。他把一小束麦穗横放在麦子上当作记号,这样工人就知道冷饮放在哪里。有一次,他去送冷饮时,我瞥见他小小的身影和卡尔一起站在机器上。我并未告诉派瑞丽。

"我们先休息一下再干活儿。"派瑞丽坐了下来,用围裙帮自己扇风,"反正萝缇也饿了。"

"啊,简直跟烤箱一样。"我倒柠檬水给她们喝,我们三个都坐了下来。莉菲脱掉脚上的鞋袜,我也跟着这么做。

"淑女联谊会看了会怎么想?"派瑞丽说着,扬起眉毛。她也脱掉自己的鞋袜,摇摇脚指头,"谁在乎啊……真舒服。"

我们安静地坐着,只听到萝缇满足的吸奶声和偶尔的几声鸟叫。

"我那天看到绥夫特·马丁骑马过来。"莉菲说。

"至少这次他没碰我们的篱笆。"派瑞丽说。

她把萝缇换到另一边喂奶。

"他两个星期前也来过。"我把冰冷的杯子放在额头上滚动,"不过不是来社交拜访。"

"他想买你的地吗?"莉菲问,"前阵子他胆子真大,竟然要我把地卖给他。"

我点点头。"他想把尖角牧场经营得比圆环牧场还

大。"

莉菲用力呼了一口气。"你是怎么回答他的？"

我高举双手。它们因为天热而肿胀，因为辛苦做活儿、打水而龟裂。"我跟他说，这种生活实在太精彩了，令人无法放弃。"

派瑞丽笑了。"亲爱的，你真逗。"

莉菲的表情严肃了起来。"你小心一点儿。我拒绝他是一回事，他不敢对我怎么样。可是……"

"我知道，我知道。"我举起手，阻止她往下说。我已经想象过愤怒的绥夫特可能会做出什么事，我不想让自己的想象越发严重，"我会一直坚持到11月。"

"你若是需要任何协助，好让自己坚持下去，就跟我说一声。"派瑞丽说。

"我这边也是。"莉菲说着，抬起头来，"老天爷，看看这天空。"

乌云翻腾着笼罩了草原。我想起绥夫特说过的话。"那该不会是蝗虫吧？"我的心差点儿跳到喉咙里。

"我想不是。"莉菲从椅子上站起身来。

"下雨了！"派瑞丽也跳起身，开始收拾东西，"我们最好把东西都收进去，麦蒂！"她挥舞着围裙，"你和芬恩快进来。"

我们及时把所有的东西和孩子们——除了却斯之

外——都赶进屋里。

"那不是雨。"我的额头贴在唯一的那扇窗户上。我们浑身湿答答的,屋子里水汽蒸腾,仿佛刚洗过衣服。

"噢,上帝啊。"莉菲把手放在胸前,"是冰雹。"

豆子大小的冰雹很快就变成像鸡蛋大的石头一样。

"却斯!"派瑞丽跑到门边,用力打开门,叫着他的名字。

"别担心。"莉菲把她拉回来,"卡尔和他们一定都躲得好好儿的。卡尔不会让那孩子发生任何事的。"

天空抛下一颗又一颗的冰雹,犹如发疯的投手,一次又一次地投出快球,老天想让我三振出局。一排排站得好好儿的、刚收割的亚麻,首先倒了下来。接着,麦子倒了,仿佛被巨人踩过似的。我的梦被踩碎了。除了眼睁睁看着、心碎成两半之外,什么也不能做。感觉上好像过了好几个小时,屋顶上的撞击声才终于缓和下来。

"好像结束了。"莉菲说。

门打开了。卡尔、维恩·罗宾和却斯冲进屋里。

"卡尔!"派瑞丽立刻冲上前。卡尔的额头在流血。

"那可恶的东西有橘子那么大。"维恩说,"像煤炭那么硬。"

派瑞丽照顾卡尔时,我去煮水泡茶。"又热又甜。"我递给却斯一杯热茶,他抖个不停,"喝了会好些。"我闭上眼睛。茶可以让冰冷的孩子温暖起来；可是，什么才能帮助我呢？

却斯颤抖着喝了一口。"卡尔把我塞到农车底下。他跟维恩只能用手臂遮头。"

这股寂静就像刚才的冰雹声一样有力。我望向门外，小花园一片狼藉。部分鸡舍的屋顶倒在水井旁。亚柏特和母鸡们躲在鸡舍底下，毫发无伤。我的向日葵被拦腰折断，黄色花瓣摔在地上。

我逼自己踏出门外，走到田里。维恩·罗宾跟了上来，并且摇着头。

"我爹把这叫作白色抢匪。"他说。我们望着眼前的损失。"亚麻全完了，海蒂，幸好你可以救回一些麦子。"他的声音越来越弱，仿佛正试图说服自己，"当饲料卖。"

"饲料？"这几个月以来，我一直盘算着把小麦用谷类价格卖给磨坊，而不是卖给农夫喂牲口。

"海蒂，你不会是唯一的受害者的。"维恩一定是想安慰我，却只会让我更担心。

还有多少农场被波及？可能会有十几家农场努力倾销残余的收成。但是有多少农夫需要买饲料呢？我很确定，买家不会比卖家多。我的眼睛盈满了热泪，但我不能让眼泪流下来。哭，又有什么用？

我打起精神，开始收拾善后。卡尔驾着运干草的马车走过毁坏的田地,乔伊、星星、鼠尾草和塞子用力拉着车。后头有一小片麦田没被打坏。维恩、却斯和我用草叉叉起麦子——少得可怜——放到车上。莉菲耐性十足地把麦子一小束一小束地塞进打谷机里。我原本储存了一大堆麻袋,期待用它们装满麦粒。卡尔说过,在一般的情况下,需要三个人合力才赶得上打谷机的速度——装满麻袋、缝七针封口、丢到马车上。今天,由于"白色抢匪"的关系,只需维恩·罗宾一个人就够了。

我写信告诉查理:

等到这一天结束,跟邻居们道谢时,我犹如身处葬礼。事实上也是如此。梦想的葬礼。一连好几个月的努力,怎么才几分钟就毁了?

写完信后,我拿出账簿、翻看这个月的账目。那天绥夫特来过以后,我始终颇有信心。那时,我以为很快就会有收成。现在,我东加西减,不管怎么算,欠的钱就是比赚的还多。即使有专栏稿费,我还是欠了一屁股债。该怎么支付收割、打谷的工钱?怎么还奈夫吉的篱笆材料钱,还有种子?唯一不用赔钱的,就是我不用付一百块钱买战争邮票了。然而,这只会让我觉得丢脸,而不是欣慰。

我替自己泡了杯茶。胡须先生一定感觉到我有多么

沮丧。它跳到我的膝上,呼噜噜地表达它的满足和鼓励。

"一定还有其他办法。"我再次计算数字,"除了绥夫特的提议之外。"我挠着胡须先生的耳后。我开始祈祷,拼被子,又祈祷。还是没有答案。

我多想沉浸在自怜中,可是我不能,还有活儿要做——我试着整理可怜的小花园、清理鸡舍、炖一锅豆子当晚餐。清理谷仓时,我看到查斯特舅舅的箱子。我放下干草叉,跪在箱子前,抚摸上头的字母。我弯腰把脸颊贴在箱子上,试着从中得到些许安慰。查斯特舅舅相信我。我也曾经相信自己做得到。

"我必须知道该怎么办。"我胡乱玩着锁头,"如果把地卖给绥夫特,我会心碎,您也会心碎。"我擦擦眼睛,坐起身来打开箱子。或许,第一次翻看的时候,我错过了什么。也许里头藏了一大笔钱,以备急需,就像现在这种时刻。他不是说自己是个无赖吗?无赖不是都会在某处藏一笔不义之财吗?

这次,我小心检查了箱子的每一寸,把东西一件件拿出来,摆在身旁。所有东西都拿出来后,我摸着衬里,希望能找到秘密开关。

没有秘密口袋,没有秘密宝藏。

抱着这种希望当然很傻,但是绝望会逼得人几乎相信任何事。我小心地把东西放回箱子里。当我把一本旧的《大地英豪》放回去的时候,发现有东西夹在书页里,露出了少许边缘。我把书打开。

"噢!"我一屁股坐下,看着手里的照片。是我的母亲和父亲。妈妈抱着婴儿时的我。另一个男人站在我母亲身后。照片后头写着:我,凯萨琳和雷蒙,以及新宝宝海蒂,1903年1月。我望着那张三个月大的婴儿脸,好甜美,好快乐,充满了希望。

我看着爸妈的脸,几乎可以听到妈妈为我唱歌的声音,感觉到爸爸的胡子把我的脸颊挠得又刺又痒。我亲着相片,嘴唇在照片上停了几秒钟。

至于照片上的另一个男人,一看到照片后头斜斜的字,我立刻知道这是谁。查斯特舅舅。

我研究他的脸。那张脸上暗藏着失望吗?还是责备?我只看到温暖、充满鼓励的微笑,甚至是了解的微笑。我小心地把照片夹进书里,将其他东西都放回箱子里,接着关上箱子,锁起来。

"谢谢您,查斯特舅舅。"我低声说。在我最沮丧的时候,这张照片是查斯特舅舅送我的礼物。

但愿我知道这个礼物的意义何在。

第二十章

她还不满二十一岁

1918年9月
阿灵顿新闻

垦荒家庭——关于年纪

大家都非常在乎年纪！男人十八岁可以入伍当兵，可是要到二十一岁才能投票。女人过了二十四岁没嫁人就算老处女。我住在草原上的这段期间，发现年纪跟一个人的脑子清不清楚、体能好不好没有关系。我的邻居老母鸡——她给自己的封号——因为优异的驯马技术，有如舞会里的少女般大受欢迎。公鸡吉姆号称年近六十，每天的工作量却足以让任何年轻人累倒。还有这些年轻人！父亲到东部工作时，十二岁女孩能够自己驾马车，十六岁男孩能够掌管农场。我自己就受惠于一个九岁男孩。若不是却斯的智慧帮了我，我连第一天也撑不过去。如果只因为我们的生日蛋糕上少了几根蜡烛，就

国际大奖小说

不把我们当一回事,似乎不公平。

9月11日,郡里的每个女人——全国妇女——大概都像我一样度过了无眠的一夜。我终于放弃,起身,煮了咖啡。做早上的活儿还嫌太早,我喝了一杯纯咖啡,坐在门廊阶梯上,看着天空显现出淡淡的粉红色。

再过几小时,早上七点钟,就要开始征召入伍了。这是开战以来的第三次。威尔逊总统要征召一千三百万名十八岁到四十五岁的士兵。报纸上说:一起结束由我们发动的战争吧!我喝着咖啡,不禁想到梅波·任。艾尔莫已经注册了。他会被征召吗?会留下她和六个孩子,以及那座大农场吗?还好,至少他们已经收割完毕了。

这个星期日,马丁太太要大家祈祷祝福那些即将入伍的人。看样子,她再也没办法留住绥夫特。他可能会是第一个登记入伍的人。

我的脑子里浮现出维达镇所有登记入伍的壮丁身影。我按照名单为每一位祈祷。如果任何一位被征召了,希望他能安全返乡。我想起查理的上一封信。他大概只是想开个玩笑,但是他说的故事只会让我更担心:"我今天的任务和平常不同,我被派去看守目标区。这是飞机练习扫射的目标。一个英国士兵问我以前是否接受过这种任务,我说没有。他说:'别担心,最安全的地方就是目标区。'我猜,他一定觉得飞行官的瞄准技术很差劲!"他在信尾画了十五颗星星,我知道这表示他失去了十五位同胞。

在上一篇专栏里,我试着描写内心的挣扎。弥顿伯格先生把稿子退回来,说:"读者要看的是垦荒故事,不是哲学思考。"我很快又写了一篇关于收成的文章寄去。支票来了,我猜这篇没问题。

我靠着门框。才一夜不睡就这么累,查理和其他士兵一夜复一夜都睡不好,又是什么感觉?

几抹更为深沉的粉红色划过天空。我看着它们从玫瑰色转成红色、紫色,再变成蓝色。在变化不断的无垠天空中,有一只老鹰。它展开强壮又宽阔的翅膀,懒洋洋地在草原上翱翔。忽然,它往下冲,一直不断地往下冲,接着又猛然升空。它的脚爪抓着什么——野鸡?老鹰尖叫着宣布狩猎成功,朝远处飞去。我睁大眼睛看着,终于在升起的阳光里失去了它的踪影。主日学校的经句瞬间浮上我的脑海:"他们将像老鹰般翱翔,他们将会奔跑,不致疲累;他们将行走,不致头晕。"我站起身。即使我疲累又头晕,还是得让马儿去草原吃草,还是得做完早上的活儿。我会拖着疲倦的双腿去干活儿,而不是乘着老鹰的翅膀。

整理豆苗圃时,有人骑马往我这儿来了。我用染满汁液的右手遮住阳光,抬头看。是公鸡吉姆。

"进来喝杯咖啡吧。"他骑着马儿灰烬进到院子里时,我放下锄头,朝他走了过去。

他的表情很奇怪,我无法解读。"海蒂,我不是来拜访你的。"他从灰烬背上翻下身来,花了非常久的时间来掸掉长裤上的灰尘。

"出了什么事?派瑞丽出事了吗?"我在脏兮兮的围裙上擦擦手,"还是宝宝?"

"不,不,她们都很好。"他把灰烬的缰绳绕在马鞍把手上。这匹银灰色的马低头啃着快要淹没洋葱的野草。"艾柏卡先生要我告诉你这件事,想让你尽快知道。"

我慢慢走到他身边。"吉姆,你最好直接告诉我,不要吞吞吐吐的。"

他摘下帽子。"是马丁。"他的手一直摸着帽檐儿,"他要抗议你农场的合法性。"

"什么?"我用力吸气,"我不懂,这是什么意思?"

这种事情确实会发生。几个月前,牛溪那边的丽莎·爱德华就被一个邻居抗议,说她没有真的住在农场上,不符合垦荒条件。

"可是我住在这里。"我脱口而出,"我一来就一直住在这里。"

"绥夫特不是抗议你有没有住在这里,"公鸡吉姆低

下头,对着自己的鞋子说,"是你的年纪。"

一股热流从我的胸口升起,经过脖子直达头顶。"年纪?"

吉姆抬起头来。"除非你是一家之主,不然的话,你一定得年满二十一岁才行。"

"可是查斯特舅舅申请的……"

"绥夫特说,查斯特没有权利把他尚未正式拥有的东西留给你。"

"真的吗?"我揉着前额,"不能留给我吗?"

吉姆清清喉咙。"就技术上而言,没错。"

我的头好晕,觉得自己就快昏倒了。"到底是为了什么?"我不知道自己为什么会这么问——我明明知道答案。有我这样的垦荒者包围着他的土地,绥夫特没办法扩大牧场的规模。那天我拒绝他的时候,他可能就在计划这一切了。噢,我干吗惹他生气呢?如果我态度好一些的话,或许……

"我该怎么办?"

"事情是这样的。艾柏卡先生是离我们最近的土地官员,他会审这件案子。绥夫特试着让他今天就做出裁决,但是艾柏卡说你也应该有机会发表意见。"

查斯特舅舅的信浮上了我的脑海:我相信你遗传了你妈的骨气。我还有足够的勇气再打一仗吗?"所以,我必须再去狼点一趟?"

吉姆点点头。

"什么时候?"

"明天。"

"可是根本就来不及……"我不再往下说了。来不及干什么?立刻老五岁吗?我无法改变自己只有十六岁的事实。我就快十七岁了,等到10月28日就满十七岁了。

"要我陪你一起去吗?"吉姆问。

我想了想。我需要,我需要他、卡尔、派瑞丽和莉菲,所有的朋友。我不确定自己有足够的勇气再度面对绥夫特,却无法忍受让朋友们眼睁睁看着我失去土地,而且还是被绥夫特·马丁抢去!"谢谢,我自己去。"

公鸡吉姆离开时,拍拍我的肩膀。"海蒂,不管结果如何,你都应该为自己感到骄傲。真的很值得骄傲。"

准备上床睡觉时,我心里不断想着这件事。如果头顶上已经没了值得让自己骄傲的屋顶,还有什么好骄傲的呢?

我走进艾柏卡先生的办公室,门铃叮当响起。他马上跳起身,帮我挪了把椅子。

"午安,艾柏卡先生。"我抬高下巴,这样比较容易忍住眼泪。

"海蒂,我真的对这整件事情感到抱歉。"他忙着整理

桌上的文件。"这是工作的一部分。"

"我知道。"我把下巴再抬高一寸,"可以开始了吧?"

他叹口气:"好吧,我们最好现在就开始。"

门铃又响了。绥夫特·马丁走进来,夸张地碰碰帽子,对我行礼。"午安,布鲁克斯小姐。"

我只能冷冷地朝他点头。

艾柏卡先生转身翻找文件。他找了好久,绥夫特不耐烦地晃着脚说:"好啦,艾柏卡先生,不可能有那么多姓布鲁克斯的人吧。"

过了一会儿,艾柏卡先生找出一份文件。"让我看看笔记。"

绥夫特重重地放下一把空椅子。"有什么好看的?"他用拇指指着我,"简单得很,她还不满二十一岁。她跟证人公开承认过了。"

我正准备开口回答,艾柏卡先生却插嘴说:"布鲁克斯小姐,你下次过生日是什么时候?"

"快了,10月底。10月28日。"

"嗯。"艾柏卡在文件上写了些什么。

"你可以送她一个蛋糕。"绥夫特坐在椅子上,倾身向前,"她的生日不是重点,重要的是她的年纪。问问她几岁吧。"

"是我在负责这次的调查。"艾柏卡先生说,"马丁先生,你最好让我用自己的方式进行;否则,我会把这场会议延后到10月29日。"

我不禁露出微笑。即使到了10月29日,我的年纪还是太小,但我可以了解艾柏卡先生的用意。"好,布鲁克斯小姐,请告诉我,你是在哪里出生的?"

"噢,老天爷……"绥夫特用力地把手拍在大腿上。

"你的出生地?"艾柏卡先生平静地往下说,"哪一年?"

我回答:"爱荷华州阿灵顿。1901年10月28日。"

"你看吧!"绥夫特闭上眼睛计算,"她只有十六岁,年龄根本不足。"

"你的父母是谁?"艾柏卡先生继续问。

"雷蒙和凯塞琳·布鲁克斯。"我回答。

他点头,用笔记录下来。

"可是他们都过世了。"我碰碰母亲的表,我把它别在马甲上。

"哦?"艾柏卡先生又写了些东西,"那么,谁是你的监护人?"

我咬着下嘴唇,说:"没有监护人。我的意思是说,我一直搬来搬去,住在不同的亲戚家,可是没有正式的监护人。"

"没有监护人?"艾柏卡先生的笔停在文件上方。

"没有。"

"那么,也就是说你的成长经历和一般女孩不同喽?"他问。

"少说废话,干正经事!"

艾柏卡先生对绥夫特扬起眉毛。"说说你的成长经历吧。"他鼓励我。

我想了一会儿。艾柏卡先生的问题让我感到莫名其妙。这些事情跟我的土地有什么关系?"嗯,我想还好吧。我的意思是说,我不像别的女孩子有家人呵护。"例如:蜜尔·包威。蜜尔只要稍微感冒了,她妈妈就叫她上床休息,伺候得无微不至。"我大概比别人更早一点儿学会照顾自己。"

"你觉得早了多久?"

"多久?"我皱起眉头,接着露出微笑。我知道艾柏卡先生的用意了。我决定配合他。"五六年吧。"我点点头,"对,绝对有五六年之久。"

"艾柏卡!"绥夫特仿佛快气炸了。

"五六年。嗯。"艾柏卡先生用力地记在纸上。"有意思。"他又写了一些东西。我偷偷瞥了绥夫特一眼。他正忙着卷香烟,手中的烟草掉在办公室的地板上。等艾柏卡再次开口时,绥夫特也把香烟卷好了。

"马丁先生。"艾柏卡开口了。

绥夫特在椅子上挪挪身子，把香烟放进口袋，对我冷笑。

"马丁先生，虽然法律规定，大部分的人必须达到某个年龄才能拥有垦地……"

"没错，绝对不是十六岁！"

"可是法律也允许身为一家之主的女性申请。也许有些人会认为，在这个案例里，年纪是个问题……"

"本来就是！"绥夫特跳起身来，似乎明白艾柏卡先生要说什么了。

"我的裁定是：在这个案例里，一家之主的地位比年纪更重要。布鲁克斯小姐已经亲口证实，她的十六年相当于其他女孩在幸运的环境里被教养、呵护了二十一年。"最后，艾柏卡先生在纸上潦草地写了几个字，"我裁定抗议无效。"

我恨不得把手臂圈到艾柏卡先生的脖子上，但终究还是忍住了。我乐得要命，很可能会把他勒死的。"我可以保住土地了！"

"正确的说法是：你可以继续垦荒，直到正式拥有土地所有权。"他露出微笑。

"艾柏卡，别这么傻。"绥夫特用手抹抹脸，"我们倒要看看防卫委员会怎么说。你必须知道，她和卡尔·慕勒走得很近。我还看过她去任家……"

"我知道布鲁克斯小姐很爱国地买了自由债券和战争邮票。"艾柏卡先生站起身来,"她个人做了很大的牺牲。如果要拿这种事情控告她,我会相当小心。"他隔着桌子倾身向前。

我以为他们会打起来,赶紧从椅子上跳起身来。"马丁先生,不用伤感情吧?"我伸出手,绥夫特却露出一副想把口水吐在我手上的模样。他转过身,甩门就离开了。

我屏住呼吸。门上的玻璃震个不停,最后终于恢复平静。我转身面对艾柏卡先生。"实在太感谢您了。"

"我也很感谢你。"他说,"快回家去,做你该做的事吧。我必须等到11月,才能把土地所有权状给你。"

"给我?"我取笑他:"您的意思是,我要付37.75元买吧。"

"我很乐于收取你的钱,并在你的所有权状上签名。"他伸手拿帽子,"我有这份荣幸邀你一起吃晚餐吗?我请客。"

来办公室之前,我一口也吃不下,现在我忽然饿得要命!"非常乐意。"说着,我挽起他的手臂,一起走到艾瑞克森旅馆,点了他们最丰盛的晚餐。

第二十一章

我们的小喜鹊

1918年10月
阿灵顿新闻

垦荒家庭——流行病

西班牙流行性感冒开始在这里流行,不再只是新闻而已。我不得不承认,虽然我为生病的人们祈祷,但是迄今为止,这次流行对我的影响都很有限。毕竟,我并不认识那些生病的波士顿人、旧金山人或堪萨斯人。对我而言,再惊人的数字也不具任何意义。不过,当我得知巴拉先生——汉森现金杂货店的烘焙师傅——患病过世时,我相当心痛。比起无数人的不幸,单单一个人的不幸似乎更叫人哀伤。

这个不幸的消息是公鸡吉姆从狼点回来时告诉我的。"西班牙流行性感冒。"他说,"汉森先生一家人都感

染了。艾柏卡家也是。"我还听说马丁太太已经在莎拉床边守了三天三夜。

莉菲忙碌不已,做了一大堆山艾茶。"好恶心!"我喝了一口就吐出来。

"对你有帮助的东西往往不好喝。"她回答,并把一大罐黑沉沉的山艾茶放在我的厨房桌上。"全部喝光。"她命令我,"我不知道这种流行性感冒到底是怎么一回事,不过,我知道山艾茶可以治百病。"我们一起吃过饭后,她又继续前往派瑞丽家送茶。

第二天,一大早就有两位客人来访。

"嘿,海蒂!"却斯喊着,"猜猜看,我们要去哪里?"

"纽约?"

却斯笑了。"比那更棒。卡尔要带我一起去里奇拿牵引机的零件。"他跳下马车,把派瑞丽托他带来的水果派交给我。"别跟妈妈说,我们要去那里帮她买橱柜。"他说,"卡尔上次进城的时候,已经付了订金。"却斯微笑着,"那样她就有地方放银器和其他东西了。"

他们离开后,我做了些活儿,并走去陪派瑞丽和女孩们吃饭。我们拼了一会儿被子,被子花样是飞翔的大雁。这是我们拼过最棒的被子,打算用来参加明年的道森郡农产展览会比赛。

"眼睛开始花了。"我缝完最后一针,"我得喊停,等明天再来，就可以把这条被子缝好。"

派瑞丽打着哈欠。"我也不行了。为了打理那两个男人出门，可把我累扁了。"我亲了麦蒂、芬恩和萝缇，走路回家。

第二天早上，塞子变得相当顽固。我实在搞不懂它的行为。"你到底怎么了啊？"好不容易，它终于吃完粮草，让我牵出马厩。等做完活儿，准备前往派瑞丽家的时候，已经过了午餐时间。秋天的空气开始泛凉，一阵寒意忽地袭来。还记得这一整个夏天，我是多么渴望一丝凉爽的微风，现在可不要为了一点点凉风就抱怨！

这一路上，我想着自己始终想缝的那条拼布被。我帮查理缝了一条螺旋桨拼布被，他特地写信跟我道谢。我回信告诉查理：我想创造一种新花样，一种从来没人拼过的花样，能够完全捕捉蒙大拿的乡村景致。我看上了戴先生店里一匹粉蓝色的布，可以用来当作天空；另外，还不停地储存各种褐色布料，准备用来当作草原土地的色泽。我要替这条被子取什么名字呢？"蒙大拿尘土"？我微笑了。这个名字很适合我第一次缝的那条拼布被。现在，我的针脚越来越稳了，对色彩的敏锐度也越来越高。红十字会的女士们想送拼布被到前线劳军时，都会先问我怎么配色。"天空之星"？听起来不错。接着，我想到了"海蒂之乡"，立刻露出微笑。就是这个名字。我等

不及要告诉派瑞丽这个计划。

爬上派瑞丽家附近的山丘时,我遥望着派瑞丽的屋子,觉得有些不对劲。我一下子就察觉了——派瑞丽家的烟囱没有冒烟。天这么冷,况且她还有个新生的宝宝。

我飞快奔下山丘。

"派瑞丽?麦蒂?"我用力敲门,"是我。"没人回答,只听到一声微弱的回应,犹如刚出生的小猫发出的声音。我推门走了进去。

"噢,天啊。"我两腿发软。派瑞丽抱着宝宝躺在床上。麦蒂和芬恩脸色苍白地瘫在地板上,两人都发着高烧。我脱掉披肩,走到火炉旁,同时不停地跟她们说话。

"派瑞丽,是海蒂,我在这里。一切都会没事的。"我点火煮了一锅水。她们都在发烧,根本用不着热水,可是我需要时间思考该怎么办才好。没时间去找莉菲了。我怕一走就会出事。

"宝宝。"派瑞丽喃喃说着,并把萝缇交给我。她比刚出炉的面包还烫。

"我得让她的体温降下来。"我说。派瑞丽微弱地点头,接着似乎还想说些什么,却又忍不住咳个不停。她转过脸去,但我还是看到她咳出来的可怕东西。

我帮萝缇倒洗澡水时,看到满满的一罐山艾茶。"可恶,派瑞丽。"我低声这么说。这茶确实很难喝,但是可能多少有些帮助。而且，现在责备她也太晚了。我把茶倒进锅里，在火上热着。

我帮宝宝把汗湿的衣服和尿布脱掉。她哭了起来——就是我在门外听到的小猫叫声。她的舌头整个发白，眼睑下垂。"好了，好了。"我试着安慰宝宝，温柔地用清凉的井水帮她洗澡。她似乎比较舒服了。洗完澡后，我帮她包好尿布，但是并未让她穿上衣服。我撕了一些面包放进碗里，倒了些牛奶，掺了些山艾茶，一点儿一点儿地喂她；然后把她抱到床上，开始照顾麦蒂和芬恩。

芬恩洗过澡，吃过东西后，似乎好多了，麦蒂却不见起色。抱她上床时，我看她的头歪来歪去的，不禁感到一阵眩晕。

接着该照顾派瑞丽了，她却不断抗拒。"孩子们。"她沙哑地说。

"她们都安顿好了，现在轮到你。"我用冷水清洗她的脸、手臂和双腿。才喂了三口东西，她立刻昏睡过去。她一清醒就开始咳嗽，咳得相当痛苦，好像要把肠胃都咳出来似的。我从厨房里拿了两颗洋葱，切成薄片，在炉子上煎着。等洋葱变软、变透明时，我混了些面粉，做成黏黏的面糊，整个涂在派瑞丽的胸口上。艾薇阿姨总是说，洋葱是治疗咳嗽的最佳良药。除了这个，我不知道还能做些什么。

面糊让派瑞丽安静了一阵子。她似乎睡得很熟,一连睡了好几个小时。这期间,我一直帮孩子们洗澡,强迫她们喝茶、喝水或喝肉汤。

每次照顾芬恩,她都会哭。麦蒂却不说一句话,仿佛已经用尽全力呼吸;不管我帮她洗了多少次澡,她的脸总是烫的。

我从白天忙到晚上,直到第二天早晨,一直在不间断地重复这些步骤。我轮流照顾每个病人,洗澡、鼓励、抚摸、安慰,忙到根本没时间祈祷。

我再次帮麦蒂洗澡。把她放回床上时,她跟慕丽一样软绵绵的。

"好好儿睡吧,麦蒂。"我抚摸她潮湿的头发,"等你精神好一点儿的时候,我答应帮你买任何一种口味的汽水!"

她苍白的脸庞闪过一丝微笑。我捏捏她的手,一、二、三,那是我们的秘密暗号。她并未回应。

"海蒂。"派瑞丽在卧室里轻声呼喊。我拖着脚走进去,扶她起来坐在便盆上。我几乎快睁不开眼睛了,可是又该替萝缇和芬恩换尿布,也该帮她们洗澡了。这次,芬恩吃了十口面包加牛奶。

"好孩子!"这么小的事情,却可以让我如此兴奋。我一边打哈欠,一边把碗冲干净。我必须坐下,只要坐一会儿就好。摇椅就在那里。噢,坐下来多舒服,坐一会儿就好。

我忽然惊醒,奔去查看病患,一颗心狂跳不已。萝缇的烧稍微退了,正安静地睡着。芬恩的脸色似乎好多了。派瑞丽还在沉睡。我走近麦蒂,她的嘴唇像春天的番红花一样发紫,皮肤有如潮湿的灰烬。她喃喃地叫着慕丽。

"她在这里,宝贝,就在这里。"我把布娃娃放在她的臂弯里。但是她似乎看不见娃娃,一直伸手,一直哭叫。

"妈妈!"她说。接着,她静了下来。我抱起她,坐在摇椅里摇着,她滚烫的身体窝在我的怀里。摇了几分钟后,我才明白她沙哑的声音老早就消失了。

"麦蒂?"她没有回应。我握起她滚烫的小手,捏了捏,一、二、三。

还是没有回应。

"麦蒂,亲爱的,醒醒啊。"我把她搂得更紧。噢,上帝啊,请别带走这个孩子,请别带走这个孩子。

我又继续摇了很久。如果我一直摇,这一切就不会成真。麦蒂会醒过来,要我把慕丽拿给她,还会絮絮叨叨地说她做了些什么好梦。她会从我的怀里跑开,会跟慕丽玩照顾病人的游戏,就像我跟她玩照顾病人的游戏一样。她会为芬恩和萝缇唱催眠曲,会拍拍她妈妈的脸颊。只要我一直摇,她就会醒来做这些事,甚至更多事。

芬恩动了。"妈妈。"她呻吟着。

"嘘,嘘。"我安抚她,"我跟麦蒂在一起。"芬恩把萝缇吵醒了,萝缇哭了起来。我放慢摇椅的速度,该是起身的时候了。

虽然麦蒂再也感觉不到了,我仍然抚着她的前额,弯身亲吻她。我的心碎了。为什么会是这个甜美的孩子?为什么?我停下摇椅,抱着这个珍贵的小身体又坐下几分钟,眼睛里都是泪水。

"妈妈。"芬恩哭着。

我站起身,把麦蒂抱到客厅里,把我们的小喜鹊轻轻放在沙发上,让慕丽躺在她的胸口上。慢慢的,我把被子滑过她的小脚趾,滑过我握过无数次的小手,最后,滑过了她的金色鬈发。

"海蒂?"派瑞丽微弱的声音从卧房传来。

"来了。"我用围裙擦擦眼睛。多希望有人可以分担这份哀伤啊。此刻绝对不能告诉派瑞丽,还不是时候,得等到她的体力恢复才行。

这一天就在洗澡、清理、喂食和强迫芬恩、萝缇与派瑞丽喝难喝的茶之中度过。我不敢合眼。我不能睡着。我必须保持清醒,死神才不会再度降临。

第三天早晨,莉菲来了。"经过你家时,那群鸡吵着要东西吃。"她说,"我就猜你在这里。"

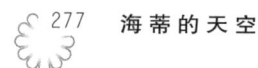

"状况很糟,莉菲。"我好想扑进她怀里寻求安慰;莉菲不像我这么差劲,我根本无法安慰派瑞丽。

莉菲看到我用被子裹起来,放在客厅的小身体。

"噢,不。不会是我们的小喜鹊,我们的麦蒂。"她在沙发旁跪了几分钟,"派瑞丽知道了吗?"

我点头,那一刻的记忆让我心痛。我把这个不幸的消息告诉派瑞丽时,她异常安静,好像即使在发着高烧的时候,她也早就知道了。

莉菲闭上眼睛。我递给她一条手帕,彼此站在一起,互相挽着腰,为了这个小生命如此没意义的牺牲而落泪。

她擦擦眼睛。"我们需要帮她净身,穿上衣服。"她的声音哽住了,"派瑞丽希望她穿哪一件?"这句话又惹得我们痛哭失声。不过,我们还是强打起精神。莉菲去跟派瑞丽说话,并带回麦蒂星期天上教堂穿的好衣服。我们最后一次为她洗澡、穿衣服。

才刚帮麦蒂打点好,门外就响起一阵马蹄声。是卡尔和却斯!我站在门口阻止他们。"别进来,屋里都是流行性感冒病毒。"我无法正视卡尔的眼睛,"你们最好到我那里待一阵子。"

卡尔点点头,立刻打发却斯去谷仓做件没什么要紧的活儿。"有坏消息?"他问。

我拉紧披肩。"麦蒂……"我只能说这么多。

卡尔用手遮住眼睛,再度点头,接着转身走开。

第二天,卡尔带着一个亲手做的小棺材来了。10月28日,我的十七岁生日,成了举行葬礼的日子。

派瑞丽还是病得很重,根本无法动弹。因此,卡尔、莉菲、却斯和我前去埋葬我们的小女孩。

我要求卡尔把我的蓝衣服和其他东西带来。"我的花都谢了。"我说,"查斯特舅舅的箱子在谷仓里,你可以在箱子里找到一些纸花,请帮我带过来。"

葬礼的早上,我在炉台上融化了一些蜜蜡,小心地把纸花浸在里头。我小心地捧着这束涂上蜜蜡的花束,加入哀悼的行列。卡尔封棺前,我又看了一眼,很高兴看到慕丽被塞在麦蒂身边。

"是我放的。"却斯说,"我不希望她寂寞。"

我把手指压在唇上,不想在却斯面前失声痛哭。过了一会儿,我才恢复镇定,把手臂穿过他的手臂,跟在莉菲和卡尔后头,离开屋子,朝着远处走去。

"派瑞丽希望她葬在这里。"卡尔说。

在屋子东边的山丘上,卡尔、却斯、莉菲和我站在刚挖好的坟前。"她每天早上都可以看到日出。"卡尔说。

"你要说些什么吗?"莉菲问。

"我?"

莉菲瞪了我一眼。我深吸一口气,数到十。虽然不知道该说些什么,我还是开口说话了。

"主啊,您可能需要一些时间习惯我们的麦蒂。她会一直说个不停,您会被她烦死。"

却斯和卡尔点点头。

"不过,您很快就会发现:认识她,就像每天拥有阳光和草莓般的幸福。祈求您好好儿照顾我们的小喜鹊。主啊,请您帮助我们……"我的声音开始发抖,"帮助我们习惯她留给我们的安静。"莉菲擤擤鼻涕,说:"阿门。"

却斯把他的手臂围在我的腰上,我把他搂紧了。卡尔拿起铲子,一铲一铲地把土铲到他亲手做的棺木上。等到坟被填满时,我把带来的三朵花种在坟上。我们带着哀伤回到屋里,我觉得自己仿佛就快裂成两半了。

草原上,不只我们失去了亲人;奈夫吉家失去了莉达,艾柏卡先生也失去了妻子。即使是马丁家的财富也无法阻止悲剧发生——最小的儿子隆恩活下来了,女儿莎拉也活了下来,可是一直照顾他们的母亲却走了。

戴先生卖出很多守丧的黑布臂环,一直卖到11月。

第二十二章

梦想宛如蒲公英绽放

1918年11月
阿灵顿新闻

垦荒家庭——拼布课程

住在草原上的这一年,我学会了拼布。起初,我的指头被针刺了无数次,都扎出血来了。为了把两片花样繁复的布拼在一起,我的眼睛也看花了。长时间弯身刺绣,更让我的脖子酸痛不已。

慢慢的,我的技巧越来越熟练。我的指尖长出厚茧,眼睛也懂得拣选比较容易拼在一起的布料,更习惯弯着脖子刺绣。即使是一件糟糕的破衬衫,我也可以找到一小片可用的部分并剪下来使用。不过,虽然拼布技巧进步不少,我还是无法从无到有地从账簿里凑出一笔钱,也无法把损失转换成"收益"。

国际大奖小说

我端着咖啡坐在前廊阶梯上,眺望着蒙大拿辽阔的天空。才不过几个月前,我觉得蒙大拿的天空就像一条神奇的魔毯,载着我飞向理想。现在,这片天空不再给予我任何承诺。

我不禁想起在查斯特舅舅的箱子里找到的全家福照片。我以为那是在鼓励我继续努力,一切终将有好结果。但是,除非奇迹发生,我大概留不住这块地了。昨晚吃过饭后,我不断地翻看账簿,每次得到的答案都一样。情况并不乐观,账簿上的数字是郝特叔叔会用红墨水记录下来的那种。即使不停地祈祷、计算、思考、计划,我还是没办法让这些数字好看一点儿。这已经不是能不能付出37.75元手续费的问题了;这是债务,也就是欠人家钱。我来这边就是不想再欠任何人。我还有几桶谷子可以当饲料卖出去,却完全无济于事。

我的胃犹如吃了一桶没熟的青苹果。垦荒生活让我对自己最在意的朋友们——卡尔、维恩·罗宾和奈夫吉先生——亏欠得更多,比我之前欠亲戚们的还多。

在这之前,或许我可以逼自己振作。可是麦蒂的死对我的打击实在太大,我根本无法振作起来。能够替《阿灵顿新闻》写完最后一篇专栏,就已经很了不起了。我完全不知道要如何还债,也懒得管了。

我独自安静地坐着,没有眼泪,没有对上帝挥拳抗议。以前,我的心里充满了希望和各种可能性;现在只剩下一块大石头。梦想死亡的时候,至少应该有一些火花吧。但是,不,这个梦宛如蒲公英种子那样,无声无息地飘飞四散。

或许,我就是四处为家的海蒂。或许这就是我的命运,我的召唤。问题是:我的理智如此告诉自己,我的心却完全不买账。我的心想要有个归宿,一个属于自己的家。

东北方扬起一阵尘土,有人来了。公鸡吉姆骑着新买的摩托车,出现在山丘上。看样子,摩托车比脚踏车更适合他。

"海蒂,你听说了吗?"他骑进院子里,"战争已经结束,年轻人要回来了。"他停好摩托车,在我身边坐下,"你听了好像也没多开心嘛。"

"噢,吉姆,这确实是个好消息。"查理即将平安归来,还有我认识的维达镇的其他男人。任何人的窗户上,都不会再添上金色星星。或许,卡尔、艾尔莫,任何其他人的际遇都会好一点儿。"真的是好消息。"

公鸡吉姆握住我的手。"希望你并不打算去当演员。"他说,"我很爱你,孩子,可是你的演技还真烂。"

我虚弱地笑了笑。我让他看看我的账簿。"你恐怕得再找一个新棋友了。"我说。

公鸡吉姆摇着那头蓬松的头发,安静地陪我坐了许久。不知他心里正想些什么,我倒是想起以往下棋的情景;还有他的疯狂脚踏车;还有,为了训练母鸡萝丝,差点儿就把那只母鸡淹死。照理说,这些好玩的回忆应该会让人想笑,而不是想哭。

"海蒂,你像个好军人似的尽力了,完全没让自己丢脸。"

我想了一会儿,的确不觉得丢脸,但是心碎了。"我已经尽力了,对不对?"我吸吸鼻子。

"你确实尽力了。"公鸡吉姆从口袋里掏出烟斗和烟草。他填满烟斗,点了火,大声吸着。"你知道吗?我妈妈以前常说,上帝的安排总是神秘难料……"

我抬手阻止他往下说。"那是艾薇阿姨最爱说的话了。害我失去土地的不只是所谓的神秘,根本就是恶毒。"

"我知道我妈即使到了上头,还在为我担心呢。"吉姆指了指天空,眨了一下眼睛,"可是她会很骄傲地知道,我真的相信。"

"相信什么?"

"事情总会解决的。人生的起起落落自有其道理。"

"我准备好要登上顶峰了,越快越好。"我站起身,掸掸裙子。

"或许你应该信任上帝。我想,他一定为你这种人准备了更伟大的计划。"他也站起身,向摩托车走去。

刚刚对他那么不客气,我觉得很抱歉。毕竟,他已经尽力帮助我了。"吉姆,我好沮丧。我并不是要赶你走。"

他笑了。"光是抱怨赶不走我的。我想赶在天黑前到处宣布停战的好消息。"他骑上摩托车,发动引擎。我注视他身后扬起的尘土,许久许久。

过去这几个月的情景浮上我的脑海。我对自己的愚蠢摇头不已。刚到这里的时候,我坚持一切自己来。垦荒生活的第一天,却得靠却斯拯救我。那么多人帮助过我。我用手指按住嘴唇,不让自己哭出来。这里确实犹如我的归属。莉菲,她那狂风过境似的说话方式,以及温柔的个性;还有吉姆;我甚至不敢让自己想到派瑞丽和孩子们,以及麦蒂。

我继续在心里默念名单:教会的葛莉丝、巴布·奈夫吉、艾柏卡先生。噢,对抗绥夫特的那天,艾柏卡先生简直就是我的白马骑士。

我的白马骑士!他以前拯救过我,或许可以再次拯救我。他可能知道其他办法——我可以尝试的办法。我打理一下自己,立刻骑上塞子前往狼点。

一冲进艾柏卡先生的办公室,我随即开口说个不停。

"慢一点儿,海蒂。"他说,"先坐下。"

我坐下来,整理思绪。"我在想……"骑马来狼点的路上,我想到一个主意,"我可不可以重新申请?重来一次?"我倾身向前,"我得先还清一些债务。"

"噢,海蒂。"他摘下眼镜,揉揉眼睛,"我愿意借你钱……"

"我不是指这个。"我坐直身子,"只是重来一次。您知道,就像查斯特一样。"

他咬着嘴唇。"但愿可以,可是……"他整理着桌上的文件,"没有这种规定。一定要遵守三年的期限。"

一路上,我的心里充满希望,现在却像三层蛋糕垮下来一般。"我必须试试……"我站起身,"艾柏卡先生,真的很感谢您,谢谢您做的这一切。"

他的嘴角下垂,仿佛就快哭了。"我相信你听了也不见得会更好过,但是你并非是唯一碰到这种情况的。"他继续整理桌上的文件,"梅波和艾尔莫·任、萨波家,还有……"他的声音变小了,"今年很糟,不是任何人的错。明年就不会这么惨了。"

"明年。"我重复了一遍。是谁曾经说过这里是明年之地?对我而言,明年不会更好。至少不会是这里。我握握他的手,就走出去了。11月的风从身后吹来,我差点儿站不稳,好像连风都想赶我走。

"布鲁克斯小姐。"

我转身。这一天还能更糟吗?"马丁先生。"我注意到绥夫特脸上的神情——信心减弱了,眼睛里多了些温柔。这是必然的。"听说你母亲过世了,我相当难过。"我说。

"谢谢。"他露出悲伤的微笑,"她如愿以偿了,不是吗?我还没入伍,战争就结束了。"

我一时不知该如何回应。

"我很期待结束防卫委员会的工作。"他说,"回去当个牛仔,那才是我的专长。"

牛仔!这是个契机,我没别的办法了,只能放手一搏。"马丁先生。"我把手放在他的手臂上,"绥夫特,我可以请你喝杯咖啡吗?"没别的办法了。我必须把地卖给绥夫特,这样还可有些余钱买间小屋子,或许就在狼点,甚至在维达镇。

"我不……"

我清清喉咙:"我决定卖地。"

他摇摇头。"我不买了。"这句话真叫人伤心,他的口气不带一丝愤怒。

我的胃揪成一团。"不买了?可是你不是想扩充尖角牧场吗?你需要更多草地……"

他转身看着我。"我是个生意人。我现在干吗要买你的地?"

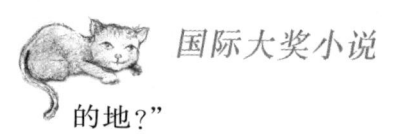

"我可以接受四百元的价钱。"我说,"这是你之前开价的一半。"

他深深吸了口气。"海蒂,到了月底,也就是政府收回土地的时候,我几乎不用花一分钱就可以拥有你的地。"他的眼中带有一丝哀伤吗?他是否同情我的损失?"我只需付清欠税,那块地就是我的了。"他轻轻拿开我的手——我根本没有察觉自己的手还放在他的手臂上——就走开了。

第二天早上,派瑞丽打开屋门让我进去。从1月以来,我爬过这些楼梯多少次了?数都数不清。"咖啡就快煮好了,我刚烤了水果派。"我跨过门槛,她拥我入怀,彼此拥抱了许久;我们一分开,她立刻低下头,但我已经在她的褐色眼睛里看到一丝疲倦的痛苦。

我朝卡尔挥挥手。他正和维恩·罗宾站在新谷仓旁,看着慕勒家的牵引机。"嘿,海蒂。"维恩喊着。卡尔只对我挥挥手。

"牵引机有问题吗?"我问。维恩对于修理机械相当在行。

派瑞丽倒了两杯咖啡。"坐下来,我有事情跟你说。"

有了派瑞丽的咖啡和盘子里那片天堂般的苹果派,我几乎不敢告诉她我的事。或许,只要我不说出口,事情

就不会发生。

"我也有事情要跟你说。我昨天去了狼点。"我开始说,"见到了艾柏卡先生。"

"然后呢?"派瑞丽的叉子停在她那片苹果派上头。

"我……"我低下头,在绥夫特面前强忍住的眼泪扑簌簌落下。我抬头看着我的好朋友。"派瑞丽,我搞砸了。查斯特舅舅的地没了。"我在裙子口袋里翻找手帕擤鼻涕,"我的地。"

"噢,宝贝。"派瑞丽跳起身,绕过桌子,把手环在我的肩膀上。

"我以为可以拥有一个属于自己的地方。"我哭着说,"现在,现在我什么都没了。"

"你有比任何破烂垦荒屋更好的东西。"派瑞丽抬起我的下巴,"你有一群非常爱你的朋友。"

我吸吸鼻子。昨晚彻夜没睡,我就是在想这件事,因此想到了一个计划。"我在想……"我擤擤鼻涕。派瑞丽拉了把椅子朝我坐近了些,我们彼此膝盖碰着膝盖。"或许我可以待在你这里一阵子。我可以教却斯,帮忙卡尔……"派瑞丽脸上的表情让我猛然顿住了。她叹口气,摇摇头。"我知道这项要求很过分。"我又加了这一句。

"如果你没有提出这项要求,我才伤心呢。"她拿开我的手,"我想不出还能告诉你什么更糟的事情,可是……"她环视屋内的各个角落,"我多么愿意请你跟我们一起住。可是这间屋子……"她挥挥手,"不管我走到哪里,都会让我想到麦蒂。对某些人而言,这可能是安慰,对我却不是。"

"你到底在说什么啊?"

她紧抿着嘴唇,呼了口气。"我们要卖掉这片地,搬家。"她朝窗外点点头,"维恩要买我们的牵引机,还有一头牛。卡尔明天去狼点取车,是全新的道奇旅行车!"她露出浅浅的微笑,"只要是车子装不下的东西,我们都会拍卖掉。"

我把手放在胸前,仿佛不想让破碎的心掉出来。"不!"即使她还继续说个不停,我知道他们应该这么做,必须这么做。

"这样最好。"派瑞丽的脸上都是泪水,"卡尔的表弟在西雅图有间机械工厂。自从麦蒂……自从经历了这一切之后,卡尔写信去问他们有没有职位。他表弟马上回信要我们过去,还帮我们找到了房屋。"

"你知道这件事情好一阵子了?"我问,"可是你并没有告诉我?"

派瑞丽看着她的手,我几乎听不到她的回答。"我说不出口。我没办法说再见,没办法告诉你。"

我用力靠在椅背上。"你们什么时候动身?"

萝缇在卧室里哭了起来,派瑞丽赶紧起身去抱她。"就快了。"她说,"非常快。"她抱着萝缇走过来。我伸手接过萝缇,把她抱得紧紧的,吸着她身上甜甜的婴儿香气。"我必须珍惜这一切。"我说。

派瑞丽走过来,用手臂环着我的腰。"你就像我的妹妹一样。"她说,"距离并不会改变这点。"

我靠着她。"我知道,我知道。"然而,我多么愿意改变西雅图和蒙大拿之间的距离啊。

那个星期结束时,莉菲逼我一起去狼点看停战游行。镇上的人都来了。艾柏卡的女儿扮成胜利女神,把一面大国旗当长袍似的裹在身上。一顶王冠戴在她的深色鬈发上,上头写着"和平"。绥夫特·马丁和其他防卫委员会成员带领群众高唱爱国歌曲。我忍不住想:不久之前,艾柏卡先生还被其中的某些人认定为叛徒呢,但是他成功地游说了中央政府拨款帮助农人,让他们得以购买春天播种的种子,这可比绥夫特那帮人做得还多。

莉菲用胳膊撞撞我。"看那里!"

公鸡吉姆骑着摩托车来了。他把国旗插得到处都是,连那顶破烂帽子上也插了一面国旗。

莉菲挽起我的手臂。"我买杯冷饮请你。"

我们一起走向欧凯咖啡店。

"交易完成了吗?"莉菲一边问,一边吸着樱桃汽水。

我点头。"昨天签了文件。"我手中的吸管在巧克力汽水里转啊转。"这儿再也不会和以前一样了。"莉菲把杯子推开。

我无法回答。如果我试着回答,一定会哭出来。

"去西雅图看看他们吧。对你这种年轻女孩来说,那会是一趟不错的冒险。"莉菲从口袋里找出一些零钱付冷饮的账。她刻意表现得很夸张,我知道她是在拖延时间,好让我整理情绪,"好啦,三十五分钱。刚刚好。"她把零钱放在柜台上。

莉菲找到的零钱数目刚刚好——这是生活中唯一让人感到"对劲"的事情。

回到家后,我到处翻找,想找出一件最适合的送别礼物,送给派瑞丽和她的家人。我手边没什么好东西,但是赶工拼好一条被子之后,我相当满意。

我站在派瑞丽家的阶梯前,手里提着装有礼物的篮子。

"这里头有送你的东西哟。"我逗着却斯,"说不定是一件围裙或花手帕呢。"他小心地接过包裹。

他撕开牛皮纸。"噢,你的书!"他把我的"史蒂文森"抱在怀里,"去西雅图的路上,这本书可以一直陪伴我。谢谢你,海蒂。谢谢。"他拍拍书,"听说西雅图不止一家图书馆而已,一共有三家呢。很棒吧?"

"看样子，你的愿望成真了。"我说，"暴风雪那天，你许了这个愿望。"我伸手跟他握手。毕竟，他现在是个九岁的年轻人了。他却上前拥抱我，我也拥抱他，用力地抱。

我递给派瑞丽一个小包裹。"等女孩们大一点儿后，送给她们。"包裹里头是我母亲的玳瑁发饰，一个给芬恩，一个给萝缇。

"她们会很珍惜的，你放心。"派瑞丽把发饰放进口袋。

"卡尔，这不是多好的东西，但是希望你喜欢。"

卡尔打开包裹时，露出了微笑。"谢谢，海蒂，谢谢。"我猜，查斯特舅舅收集的西部小说可以帮助他学习英文。

"亲爱的，这样太多了。"派瑞丽摇摇头。

"等一下。"我拿出另一个包裹，"这是给你的。"

派瑞丽撕开牛皮纸。她一看见里头的东西，双眼立刻像星星般发亮。"你的拼布被！"她摸着被子说。

"全新的花样。"我忍住眼泪，"叫作'麦蒂的魔法'。"

她仔细看着每一寸。我并不在意，这是我所缝过的最好的被子了，每一针都缝得相当细致且确实。每个图案中间是一小块方形的平纹布，代表蒙大拿无垠无际的天空。方块四周镶了锯齿状的三角形，那些小三角形彼此拼成了更小的方块。我用一些褐色条纹布象征蒙大拿的广阔草原。跟这些褐色三角形成对比的是色彩鲜艳的布块,这些颜色让我想到我们的小喜鹊,明亮且充满活力。

"噢,这是你的舞衣。"派瑞丽的手指划过被面,"这是查斯特的工作服,还有我送你的印花布。"她张开嘴巴,似乎还想说些什么,接着把被子抱在胸口上,在原地摇晃了一会儿。

卡尔按了按新汽车的喇叭。"该走了。"他喊道。

派瑞丽朝车子走去。我用手臂环着她,用尽全力拥抱她。她抚抚我的背,轻轻把我推开。

"亲爱的,如果是真的朋友,就用不着思念他们。"她拍拍胸口,"因为他们永远都在这里。"

我们两个都擦着眼睛。

"来看我们。"卡尔说。这比较像是命令,而不是邀请。

"是,遵命!"我笑了。

"如果你不来看我们,我会把他逼疯的。"派瑞丽说,"说不定你可以在那里找到好工作。你知道我们会很欢迎你来一起住。"

"或许再过几年吧。"我说。关于这件事,我想了又想。还有事情等着我去做,我不能跟他们离开这里。那是一些未完成的事,一时也说不清楚。

"做不到的事情,别乱答应哟。"她对我摆摆手。

"是。"我再度拥抱她,"派瑞丽……"

"我知道,我知道。"派瑞丽从卡尔手上接过萝缇,抓住芬恩的手,暂时闭上了眼睛。她是否正想着一只小喜鹊?我也很想她。

派瑞丽耸耸肩膀。"再不走,卡尔就准备把我丢在这里啦。"她爬上车,关上车门,一家人就这么离开了,再也没有回头看一眼。

我把东西收到查斯特舅舅的箱子里。幸好有拍卖会,加上我留了很多东西下来,不准备带走,我的东西——除了书之外——全都可以塞进箱子里。我满意地关上箱盖,绑紧,锁好。公鸡吉姆说他会来帮我把箱子运到狼点火车站。我回应了一则招工启事,两个星期后就得开始在大瀑布区的布朗寄宿屋担任女佣。我忍不住笑自己。当初会离开爱荷华,就是不想做这种工作;现在,我终究还是得做。上帝的安排确实神秘难料。这次,我很感激能得到这份工作。只需六个月,我就可以还清债务,可以重新开始。不过,我还不知道接下来要做什么。

郝特叔叔寄来一些钱让我坐火车。"够你回东部了,"他写道,"但是我猜,你的未来不属于阿灵顿。用这笔钱往西走吧,想走多远就走多远。很高兴有片海洋挡在那里,让你不至于离我们太远。"

吉姆来拿箱子的时候,顺便也带来我的信件,其中

国际大奖小说

有三封是查理写来的。我慢慢地读信,直到念完最后一封信,才发现自己始终都屏住呼吸。

看样子,我可以安全返乡了。

大多数人都没我这么幸运。几星期后,我就要搭船回家。政府真好,让我存了一些钱。我想过来看看你一天到晚夸个不停的天空,到底有什么了不得的。写信到我母亲家里,让我知道你能不能接待我这个访客。

你的查理

附带一句:蜜尔·包威和小法蓝克订婚了。母亲不敢写信告诉我,怕我伤心,会在前线想不开。我不懂为什么每个人都认为我喜欢她。有两只眼睛的人应该都看得出来,我喜欢的是一个有着伟大梦想、笨手笨脚的投手。问题是,她也喜欢我吗?

我拿起笔,写回信给查理。

海蒂的天空

第二十三章

明年会更好

1918年12月12日

亲爱的查理：

你到狼点之后，去找艾柏卡先生。他说要开车载你去我常写信给你的地方——蒙大拿州维达镇西北方三里处。他有一辆最新型的汽车，如果我是你，一定会接受他的招待。真希望你可以在春天时看到我那片绿油油的田地；或是在夏末，看到我那片如海洋般的蓝色亚麻田。

如果，如果你站在我家的楼梯上——如果绥夫特还没把我的屋子拆掉，让尖角牧场的牛到处乱跑的话——或许你可以从风中听到一些回忆。仔细听——你听到却斯把我从井边的汲水手把上救下来的声音吗？还有，麦蒂正责备慕丽弄坏她的新裙子？莉菲照顾着某位邻居？萝丝和琼在公鸡吉姆的院子里咯咯叫？派瑞丽天使般的嗓音在维达教堂里翱翔，压过了一堆五音不全的歌声？

只要站在那里,不用多久,你就可以了解我所说的那片无边无际的蒙大拿天空。

我不得不嘲笑自己,我已经在用玫瑰色的眼镜回顾那段日子了。别以为我会忘记谷仓烧毁的气味,或是出生在敌国的人那酸苦的恐惧,或是裹了蜜蜡的纸花散发的香味。还好,在我的草原拼布被上,这几个令人心碎的回忆仅占其中的几小块。

你问了我一个重要的问题,我还没办法回答。或许,你可以在大瀑布站下火车。我不能说一起吃顿饭会让我感到失望。一起吃顿饭很好。我现在唯一的计划就是在布朗工作,直到还清债务。虽然我觉得自己完全失败了,但是草原上的那段日子让我相信:明年会更好。

我的新工作不允许养宠物,但是胡须先生并不在乎。它已经明白表示要留在维达。至少我们两个之中,有一个找到了家。莉菲很高兴能多个伴。

"这里会变得相当寂寞,你跟派瑞丽都走了。"她摇着头,"我甚至可以把寂寞切成一片一片的,放在面包上!"

我把胡须先生旅行用的笼子交给她。"它不会再需要这个了。"我说,"不过,偶尔天气冷的时候,它喜欢躲在里头睡觉。"我试着不去回想胡须先生帮我取暖的那些夜晚。

公鸡吉姆欢迎亚伯特、琼、萝丝回家。玛莎已经不下蛋了,它成了我送行宴会上的主菜。我拍卖掉大部分的东西,并把塞子送给艾尔莫·任。

我不让任何人来车站送行。我独自来到这里,也要独自离开。一坐上火车的座椅,我忍不住微笑。这回的同车伙伴和我前来蒙大拿时的乘客没什么两样。此刻,他们粗鲁的言行、态度和衣服看起来既舒服又亲切。我必须承认,那个胖子说得对,大家都高估蒙大拿东部了。它尽力了,却还是没办法养活这么多垦荒的人。垦荒者!他是那样称呼我们的,我们就是垦荒者。

火车震了一下,接着就离开车站。我的裙子口袋里放着一封信。我都会背了:"波音航空公司正在招募机械维修人员,我刚好认识一个好手——就是我自己!"查理写道,或许我们两个都会到西雅图去吧。

我把头靠在椅背上,闭上眼睛。一年里发生了这么多事情!现在,我人在这里,朝着大瀑布区奔驰而去。接下来呢?我不知道。我只想一直写作。派瑞丽在上一封信上说,《西雅图时报》有位女记者。或许他们可以雇用两位女记者。

火车驶过一段颠簸的轨道,让我重新回到现实。车窗外,蒙大拿的天空一望无垠。仔细想想,蒙大拿确实信守承诺。在草原上的那一年,我确实找到了一个家。我在自己身上找到了家,也在别人心里找到了家。

　　莉菲看到我的行李时,吓了一大跳。"你真的需要所有的书吗?"她问。有一件东西我没带走:四处为家的海蒂。我不会想念她,一点儿也不。

　　我坐稳了,面向着西部。

幸福天地间
——献给海蒂和那片辽阔的天空

高 彦/图书编辑

天空。一片蔚蓝之中点缀着丝丝的云絮,金色的阳光为这片蔚蓝镀上了钻石般的火彩,在它的包裹之下,人们总能感觉到幸福、开朗和舒畅,怪不得大家都用"晴朗"和"透明"来形容快乐的心情。而当阴云翻滚,灰青色的天空压顶而来之时,每个人心中那些或多或少的阴郁仿佛头顶上瞬间席卷的乌云,所有不高兴的情绪随之而来。诚然,自然界的风云变幻时刻都在影响着人们的情绪,但对于我们脚下的这片土地,也许正以一种不同的态度应对着天空的改变。当万里无云、阳光普照之时，干涸的大地幻想着蔚蓝被乌云笼罩，"钻石的火彩"被清凉的雨丝代替；而当雨水降下、雷声隆隆之际，肥沃的黑土会欣慰地看着那些绿色的生命在它身上滋长、蔓延……

对于那些"靠天吃饭"的人们来说，天空的变换不只影响他们的心情，甚至会威胁到他们的生存和未来。正如我们的海蒂，那个毅然决然出走他乡，用十六岁少女柔弱的肩膀撑起那片蒙大拿的土地的孩子。海蒂一直是坚强的，从小失去双亲的她辗转于亲戚之间，这样的生活练就了她独立的态度和坚强的品格。也正因为这种寄人篱下的日子的确难以忍受，当听到舅舅的土地高声呼唤她去继承之时，海蒂没有迟疑，义无反顾地奔赴了未知的"西部"，那片蛮荒之地。逃离也好，垦荒也好，当火车在蒙大拿的狼点车站停下之时，海蒂心中也许只有"自由"二字吧。

蒙大拿的确是个自由的地方，那里有着绵延的落基山脉和广阔的大草原。一提到蒙大拿，每个人的头脑中都会浮现出穿着皮装，戴着宽边帽的帅气牛仔，耳边都会回荡着口琴伴奏的乡村音乐。绿油油的草原、金色的麦浪、起伏的山脉和弯曲的黄石河构成了一幅蒙大拿州最美丽的画卷。而在这美丽的画卷之上，我们和海蒂都忽略了一个关键的要素——天空。

蒙大拿的天空才是真正的"娃娃脸",严寒、酷热、多雨雪、干旱……几乎所有的极端天气都可以在蒙大拿的历史上看到。那些垦荒者都称蒙大拿为"明年之地",意思就是总盼望着来年能有个好收成。冬天的蒙大拿被厚雪和酷寒笼罩着,初来乍到的海蒂第一个学会的就是如何在那间四面透风的小房子里保暖。一头倔强的牛和一匹聪明的马是舅舅的"附赠品",而在这样的大风雪里,走到牛棚都是一个问题,更别提照顾它们了。多亏有卡尔·慕勒一家人的帮忙,海蒂才不至于冻死、饿死在这片"自由"的天地间。

头顶上的天空永远都是一样的,而脚下的土地却因为战争而变得迥然不同。一战时期,"德国"二字几乎成为"坏蛋"的代名词,一切有着"德国"字眼儿的东西,哪怕是德国香肠,都要用另外的词汇代替。而卡尔·慕勒,这个明显有着德国名字和德国血统的好男人,也难逃此劫,全家人都受到了怀疑和歧视。那段日子的确是黑白不分,这家善良的人给海蒂极大帮助的同时,也让海蒂体会到了真正的"政治麻烦"。维达镇防卫委员会的帅气小伙绥夫特·马丁不但派人烧了慕勒家的谷仓,而且还时时刻刻找海蒂的麻烦。海蒂就是那个"爱德国佬"的人,这个烙印如同一副枷锁,在那个混乱的年代能把人压得无法呼吸。慕勒一家在这片自由得有些放肆的土地上收获了太多的伤心甚至骨肉分离,他们决定离开,回归正常的城市生活——这就意味着海蒂将再次失去家庭。而海蒂,也因为输给了天空,没能完成垦荒的任务,不得不交还了土地,离开那一望无际的大草原,奔赴下一个未知之地。

《海蒂的天空》到这里就结束了,而海蒂的旅程却刚刚开始,她将继续向西……美国电影《霹雳娇娃》的英文原名是"查理的天使",三位"天使"在未曾谋面的查理的指挥下,完成了一个又一个看似不可能完成的任务。查理从未露面,每次都用电话与"天使"们联系,他是一位绅士,无时无刻不在关心着三位"天使"。而海蒂的查理,也是一位小绅士,他因为战争参军去了法国。从未露面的查理与海蒂一直保持着通信联系,时刻关心着海蒂的生活,给了她鼓励和生活下去的勇气。蒙大拿的天空带给海蒂的不都是失望,在这些失望中,海蒂收获了友情,收获了爱情,她将有一个稳定的家,不管她还将漂泊到哪里,总会有一个人与她一道,勇敢地面对未知的前程。

这本荣获2007年纽伯瑞儿童文学奖银奖的小说带给我们的不仅是优美的文字、电影般的场景和跌宕起伏的情节,更重要的是,它带给每个人勇气和希望。合上书,抬头看看天空,你的情绪也许不再会因为蔚蓝或是灰青而变得起伏不定,遥远的美国大草原和西海岸上,和你有着同一片天空的人们也在昂首观望,把所有的经验和历练都看作是上天的恩赐,只要有爱和勇气,幸福将永远穿越于天地之间。